KB187327

※사양斜陽의 사전적인 의미는 저녁때의 햇빛, 또는 저녁때의 저무는 해를 뜻하는데 새로운 것에 밀려 점점 몰락해감을 비유적으로 이르는 말이다.

사양

다자이 오사무

김대환 옮김

잇북
it BOOK

차례

1

아침에 식당에서 수프를 한 술 떠 입안으로 쓱 흘려 넣던 어머니가 들릴락 말락 한 소리로 낮게 소리쳤다.

"아!"

"머리카락?"

수프에 뭔가 이상한 거라도 빠졌나 싶었다.

"아니."

어머니는 아무 일 없었다는 듯 다시 하느작 수프 한 술을 입안으로 흘려 넣고는 태연히 고개를 돌려 부엌 유리창 너머의 활짝 핀 산벚꽃에 눈길을 보냈다. 그러고는 고개를 돌린 채 다시 하느작 수프 한 술을 자그마한 입술 사이로 미끄러뜨리듯 흘려 넣었다.

'하느작'이라는 표현은 어머니의 경우 결코 과장된 표현이 아니다. 여성 잡지 같은 데에 나오는 식사 예법과는 영

딴판이다. 남동생 나오지가 언젠가 술을 마시며 누나인 내게 이런 말을 한 적이 있다.

"작위(1867년 메이지 유신과 함께 시작된 일본의 작위, 즉 귀족제도는 1947년 신 일본 헌법이 공포됨에 따라 폐지되었다. 소위 화족華族이라는 명칭으로 불리며 공작, 후작, 백작, 자작, 남작 등 다섯 계급이 있었다―옮긴이)가 있다고 다 귀족이라 할 수는 없어. 작위가 없어도 천작天爵(하늘이 내린 벼슬. 타고난 덕이나 인격, 기품을 말한다―옮긴이)이란 걸 가진 훌륭한 귀족도 있고, 우리처럼 작위는 가졌어도 귀족은커녕 천민에 가까운 사람도 있지. 이와시마(자신의 학우인 백작의 이름을 대며) 같은 녀석은 정말로 신주쿠新宿의 유곽 호객꾼들보다 훨씬 더 천박해 보인다니까. 요전에도 야나이(역시 나오지의 학우로 자작의 차남 이름을 대며)의 형 결혼식에 그 녀석이 턱시도를 입고 왔는데, 대체 뭐 때문에 턱시도를 입고 오냐고. 뭐 그건 그렇다 치고, 탁상연설을 할 때 그 녀석이 '이옵니다, 하옵니다.' 하고 딴에는 교양 있는 척 말하는 데는 정말 역겹더라. 거드름을 피우는 건 품위가 있다는 것과 전혀 무관한 얄팍한 허세야. '고급 하숙'이라고 써놓은 간판이 혼고本郷 같은 곳에 더러 있던데, 사실 화족이란 것들의 대부분은 '고급 거지'라고 부를 만한 족속들이지. 진짜 귀족은 이와시마처럼 어설픈 거드름을 피우지 않아. 우리 일족 중에서도 진정한 귀족은 아마 어머니 정도겠지. 어머닌 진짜야. 당할 수가 없어."

　수프를 드시는 것만 봐도 그렇다. 우리는 접시 위로 몸을 약간 숙인 다음 스푼을 옆으로 들고 수프를 떠서 스푼을 옆으로 든 채 입으로 가져가 먹지만, 어머니는 왼손 손가락을 가볍게 테이블 끄트머리에 놓고는 상체를 숙이지도 않고 얼굴을 똑바로 든 채 접시를 제대로 보지도 않으며 스푼을 옆으로 들고 살짝 떠서 그다음엔 '제비처럼'이라고 표현하고 싶을 만큼 가뿐하고 깔끔하게 스푼을 입과 직각이 되게 들어올려 스푼 끝에서 수프를 입술 사이로 흘려 넣는다. 그러고는 무심히 여기저기 곁눈질해가며 하느작하느작, 마치 작게 날갯짓하듯 스푼을 움직이는데 수프 한 방울 흘리지 않고 마시는 소리도 접시 긁는 소리도 전혀 내지 않는다.

　이런 게 흔히 말하는 정식 예법에 맞는 식사법은 아닌지 몰라도 내 눈에는 무척 사랑스럽고, 그야말로 진짜처럼 보인다. 또 사실 수프 같은 음식은 고개를 숙여 스푼 옆으로 마시는 것보다는 느긋하게 상반신을 세우고 스푼 끝에서 입으로 흘려 넣듯이 먹는 게 신기할 정도로 맛있는 법이다.

　하지만 나는 나오지가 말한 '고급 거지'인 터라 어머니처럼 그토록 가볍고 능청스럽게 스푼을 다루지 못하니 어쩔 수 없이 단념하고 접시 위로 고개를 숙인 채 소위 정식 예법대로 우중충한 식사를 한다.

수프 말고도 어머니의 식사법은 예법에 이만저만 어긋난 게 아니다. 고기가 나오면 나이프와 포크로 재빨리 죄다 잘 게 썰어놓은 다음 나이프는 내려놓고 포크를 오른손으로 바꿔 쥐고는 한 조각 한 조각 포크로 찍어서 천천히 기분 좋게 드신다. 또 뼈 있는 닭고기를 먹을 땐 우리가 접시 소리를 내지 않고 뼈에 붙은 살을 발라내느라 안간힘을 쓰는 사이, 어머니는 아무렇지 않게 손으로 덥석 뼈 부분을 집어 들고 입으로 살을 발라내고는 점잔을 빼며 드신다.

그런 야만스러운 동작도 어머니가 하면 사랑스러울뿐더러 묘하게 에로틱한 모습으로 보이기도 하니, 역시 진짜는 다른 법이다. 뼈 있는 닭고기뿐만 아니라 가끔 점심 반찬으로 나오는 햄이나 소시지 같은 것도 어머니는 아무렇지 않게 손으로 집어 드신 적도 있다.

"주먹밥이 왜 맛있는지 아니? 그건 말이야, 사람의 손으로 꼬옥 쥐어서 만들기 때문이란다."

이렇게 말씀하신 적도 있다.

정말로 손으로 먹으면 맛있겠구나, 하고 나도 생각한 적이 있지만 나 같은 '고급 거지'가 섣불리 흉내 내다가는 그야말로 진짜 거지꼴이 될 것 같기에 참고 있다.

동생 나오지조차 어머니에겐 못 당한다고 말하지만 나 또한 도저히 어머니 흉내는 엄두도 못 낼 일이고 심지어 절망에 가까운 기분을 맛보기도 한다.

초가을 어느 날의 달빛 그윽한 밤, 니시카타초西片町에 있는 집 안뜰에서 어머니와 둘이 연못가 정자에서 달구경을 하며 여우가 시집갈 때와 쥐가 시집갈 때 신부의 치장이 어떻게 다를까 하는 얘기를 웃으며 주고받다가 어머니가 불쑥 일어나더니 정자 옆 싸리 덤불 속으로 들어가 하얀 싸리꽃 사이로 더 하얀 얼굴을 내밀고 웃으며 말씀하셨다.

"가즈코, 엄마가 지금 뭘 하고 있는지 맞혀볼래?"

"꽃을 꺾고 계세요."

내가 대답하자 나직이 소리 내어 웃고는 이렇게 말씀하신다.

"쉬했어."

쪼그리고 앉은 자세가 전혀 아니어서 놀랐지만, 나 같은 사람은 도저히 흉내 내기 힘든 참으로 사랑스러운 느낌이었다.

오늘 아침의 수프 이야기에서 옆길로 새고 말았지만, 일전에 어떤 책을 읽다가 루이 왕조 시절의 귀부인들은 궁전의 뜰이나 복도의 구석진 데 같은 곳에서 아무렇지 않게 소변을 봤다는 사실을 알고 그 순박함이 참으로 사랑스러웠는데, 우리 어머니도 그런 진짜 귀부인 중 마지막 한 사람이 아닐까 싶었다.

　그런데 오늘 아침에는 수프를 한 술 뜨시다가 아! 하고 나직이 외치는 소리에 머리카락? 하고 여쭈었더니, 아니라고 대답하신다.

　"조금 짠가요?"

　오늘 아침 수프는 일전에 미국이 배급한 그린피스green peas(둥글고 작은 초록색의 완두콩―옮긴이) 통조림을 내가 채로 곱게 내려 포타주potage(걸쭉하고 불투명한 수프―옮긴이)처럼 만든 것이다. 원래 요리에 자신이 없는 터라 어머니가 아니라고 대답했어도 여전히 조바심을 내며 그렇게 물어본 것이다.

　"아주 잘 만들었구나."

　어머니는 진지하게 말하고 수프를 다 드신 다음에는 김으로 싼 주먹밥을 손으로 집어 드셨다.

　나는 어렸을 때부터 아침에는 입맛이 없고 10시쯤 돼야 시장해지는 탓에 그때도 수프만은 어쨌든 다 먹었지만, 더 먹는 게 귀찮아서 접시에 놓인 주먹밥을 젓가락으로 헤집어 무너뜨리고 나서 찔끔 집어 들고 어머니가 스푼으로 수프를 드실 때처럼 젓가락을 입과 직각이 되도록 올려 마치 새끼 새에게 모이를 주듯 입안으로 밀어 넣고 느릿느릿 먹었다.

그사이에 어머니는 이미 식사를 다 마치고는 자리에서 조용히 일어나 아침 햇살이 비치는 벽에 등을 기댄 채 잠시 내가 식사하는 모습을 잠자코 지켜보다가 말씀하셨다.

"가즈코는 아직 힘든가 보구나. 아침밥을 가장 맛있게 먹어야 할 텐데."

"어머니는요? 맛있어요?"

"그럼, 난 이제 환자가 아니니까."

"저도 환자가 아닌걸요."

"아냐, 아냐."

어머니는 쓸쓸히 웃으며 고개를 저었다.

나는 5년 전에 폐병을 핑계로 몸져누운 적이 있는데 그건 사실 내 멋대로 만들어낸 병이었다. 하지만 근래 어머니의 병이야말로 정말이지 걱정스럽고 애처로운 지경에 이르렀다. 그런데도 어머니는 내 걱정만 하신다.

"아!"

내가 말했다.

"왜?"

이번엔 어머니가 묻는다.

서로 얼굴을 마주 보며 뭔가 완전히 통했다는 걸 느끼고 후후후 내가 웃자 어머니도 빙그레 웃으셨다.

어떤 참을 수 없는 부끄러움에 사로잡혔을 때 아! 하고 기묘한 외침이 짧게 터져 나온다. 방금 내 가슴에 느닷없이 6년 전 이혼하던 때가 또렷이 떠올라 나도 모르게 그만 아! 소리를 내고 말았는데 어머니는 어떠실까? 설마 어머니에게 나처럼 부끄러운 과거가 있을 리는 없고, 아니, 어쩌면 뭔가.

"어머니도 아까 뭔가 떠올리셨죠? 무슨 일이에요?"

"잊어버렸어."

"제 일인가요?"

"아니."

"나오지?"

"그래."

그러고는 고개를 갸웃거리신다.

"그럴지도 모르지."

동생 나오지는 대학에 다니다 징집되어 동남아시아의 섬에 간 뒤로 소식이 끊겼다. 전쟁이 끝나고 나서도 행방불명이라 어머니는 다시 나오지를 만날 수 없을 것이라고 각오하고 있다고 말씀하시지만, 나는 그런 '각오' 따윈 한 번도 한 적 없고 꼭 만날 수 있다는 생각뿐이다.

"단념하긴 했어도 맛있는 수프를 먹으니 나오지 생각이 간절하더구나. 좀 더 나오지에게 잘해줄 걸 그랬어."

나오지는 고등학교에 들어간 무렵부터 문학에 푹 빠져 거의 불량소년이나 다름없는 생활을 하는 통에 어머니의 속을 얼마나 썩였는지 모른다. 그런데도 어머니는 수프를 한 술 드시고는 나오지 생각에 아! 하셨다. 나는 입안에 밥을 머금은 채 눈시울이 뜨거워졌다.

"괜찮아요. 나오지는 괜찮을 거예요. 나오지 같은 악한은 웬만해선 안 죽어요. 죽는 사람은 으레 얌전하고 예쁘고 착한 사람이죠. 나오지는 몽둥이로 두들겨 패도 죽지 않을걸요?"

어머니는 웃으며 나를 놀렸다.

"그럼, 넌 일찍 죽겠네?"

"어머, 어째서요? 난 악한의 누나니까 여든까지는 거뜬해요."

"그래? 그럼, 난 아흔까지도 거뜬하겠다."

"네……."

나는 대답하다 말고 조금 난감했다. 악한은 오래 산다. 아름다운 사람은 일찍 죽는다. 어머니는 곱다. 하지만 오래 사셨으면 좋겠다. 나는 어쩔 줄을 몰랐다.

"짓궂어요!"

아랫입술이 부르르 떨리고 눈물이 흘러내렸다.

뱀 이야기를 해보자. 네댓새쯤 전 오후에 근방에 사는 아이들이 마당 울타리인 대밭에서 뱀 알을 열 알쯤 발견했다.

아이들은 '살무사 알'이라고 주장했다. 나는 그 대밭에 살무사가 열 마리나 태어나면 마음놓고 마당에도 나가지 못하겠다 싶어서 아이들에게 말했다.

"태워버리자."

아이들은 새로운 놀 거리에 신이 나서 내 뒤를 따라왔다.

대밭 근처에서 나뭇잎이며 마른 가지를 쌓아 올려 불을 피우고 그 불 속에 알을 하나씩 던져 넣었다. 알은 좀처럼 타지 않았다. 아이들이 나뭇잎이며 잔가지를 좀 더 불 위에 올려 불길을 키워봐도 알은 도무지 타지 않았다.

아랫마을 농가의 처녀가 울타리 밖에서 웃으며 물었다.

"뭘 하는 거예요?"

"살무사 알을 태우고 있어요. 살무사가 태어나면 무섭잖아요."

"알 크기는 어느 정도예요?"

"메추라기 알만 하고 새하얗더군요."

"그럼, 그냥 뱀 알이에요. 살무사 알은 아닐걸요? 생 알은 좀체 타지 않아요."

처녀는 자못 우습다는 듯 웃으며 가버렸다.

30분쯤 불을 피워도 도무지 알이 타지 않기에 아이들에게 알을 불 속에서 꺼내 매화나무 아래 파묻게 하고, 나는 돌멩이를 모아 묘표를 만들었다.

"자아, 모두 기도해요."

내가 몸을 웅크리고 손을 모으자 아이들도 얌전히 내 뒤에 웅크리고 합장을 하는 기색이었다. 그러고 나서 아이들과 헤어져 나 혼자 돌계단을 천천히 올라오니, 돌계단 위 등나무 덩굴 아래에 어머니가 서 계셨다.

"불쌍하게 왜 그랬니?"

"살무사인 줄 알았는데 그냥 뱀이었어요. 하지만 잘 묻어주었으니 괜찮아요."

말하면서도 어머니에게 들킨 건 실수라고 생각했다.

어머니는 결코 미신을 믿는 사람은 아니었지만, 10년 전 아버지가 니시카타초의 집에서 돌아가신 뒤로는 뱀을 몹시 무서워하신다.

아버지의 임종 직전에 어머니가 아버지의 머리맡에 가느다란 검정 끈이 떨어져 있는 걸 보고 무심코 주우려고 했는데, 그게 뱀이었다. 스르륵 복도로 도망쳐버려서 어디로 갔는지 알 수 없었지만, 그걸 본 사람은 어머니와 와다 외삼촌뿐이었다. 그래도 임종을 지키는 자리에서 소란을 피울 수 없어서 두 분은 얼굴을 마주한 채 꾹 참고 가만히 계셨다고 한다. 그런 탓에 그 자리에 함께 있던 우리도 그 뱀에 대해서는 전혀 알지 못했다.

그러나 아버지가 돌아가신 그날 해 질 무렵, 마당 연못가의 나무란 나무에 전부 뱀이 올라앉아 있던 모습은 나도 직접 봐서 알고 있다. 나는 지금 스물아홉이나 먹은 아줌마라 10년 전 아버지가 돌아가셨을 때는 열아홉 살이었다. 더는 어린애가 아니었으니 10년이 지난 지금도 그때의 기억은 또렷해서 틀림없으리라.

내가 영전에 바칠 꽃을 준비하기 위해 마당 연못 쪽으로 걸어가다 연못가 철쭉나무 자리에 멈춰 서서 문득 보니, 바로 앞의 철쭉 가지 끝에 작은 뱀이 감겨 있었다. 흠칫 놀라 그 옆의 황매화 꽃가지를 꺾으려는데 그 가지에도 감겨 있었다. 그 옆의 물푸레나무에도, 어린 단풍나무에도, 금작화에도, 등나무에도, 벚나무에도 죄다 뱀이 감겨 있었다.

하지만 나는 별로 무섭지 않았다. 뱀도 나와 마찬가지로 아버지의 죽음이 슬퍼서 구멍에서 기어 나와 아버지의 넋을 위해 빌어주고 있다는 느낌이 들었을 뿐이다. 나는 마당에서 본 뱀 이야기를 어머니에게 살짝 알렸는데, 어머니는 잠시 고개를 갸웃하고 뭔가 생각하는 기색일 뿐 별말씀은 없었다.

하지만 이 두 번의 뱀 사건 이후로 어머니가 뱀을 끔찍이 싫어하시게 된 건 사실이다. 아니, 뱀을 싫어하신다기보다는 뱀을 숭배하고 두려워하는, 이를테면 경외심을 품게 된 듯하다.

뱀 알을 태운 것을 들킨 것이 어머니에겐 뭔가 굉장히 불길한 느낌을 주었을 게 틀림없다고 생각하니, 나도 갑자기 뱀 알을 태운 게 섬뜩해지면서 어쩌면 이 일이 어머니에게 안 좋은 영향을 끼치지는 않을까 노심초사하며 다음 날도 그다음 날도 온통 그 생각뿐이었는데, 오늘 아침 식당에서 아름다운 사람은 일찍 죽는다는 둥 쓸데없는 말을 흘리고 나중에 수습도 못 하고 울고 말았다. 아침 식사 후 설거지를 하면서 내 가슴속 깊숙이 어머니의 명을 재촉하는 기분 나쁜 새끼 뱀 한 마리가 들어앉은 것 같아 께름칙해 죽을 것 같았다.

그리고 그날, 나는 마당에서 뱀을 보았다. 그날은 무척 따뜻하고 화창한 날씨여서 부엌일을 끝내고 마당 잔디밭에 등의자를 내놓고 뜨개질을 할 생각으로 의자를 들고 마당으로 내려서는데, 징검돌 옆 조릿대에 뱀이 있었다. 아이, 징그러워! 나는 그저 그렇게만 여기고 더는 깊이 생각지도 않고 등의자를 들고 되돌아 툇마루로 올라가 거기에 의자를 놓고 앉아 뜨개질을 했다.

오후에 나는 마당 귀퉁이의 불당에 보관해둔 장서 가운데 로랑생(마리 로랑생Marie Laurencin, 1883~1956. 프랑스의 화가. 환상적이고 감각적인 화풍으로 당대에 높은 인기를 누렸다―옮긴이)의 화집을 꺼내 오려고 마당으로 내려갔다. 뱀이 잔디밭 위를 느릿느릿 기 어가고 있었다. 아침에 본 뱀과 똑같았다. 날씬하고 고상한 뱀이었다. 암컷이라고 생각했다. 그녀는 잔디밭을 조용히 가로질러 찔레꽃 아래로 가서 멈췄다가 대가리를 쳐들고 가 느다란 불꽃 같은 혀를 날름거렸다. 그러고는 주변을 둘러 보는 듯하더니, 잠시 후 대가리를 내리고 몹시 귀찮다는 듯 이 몸을 웅크렸다.

나는 그때도 그저 아름다운 뱀이라는 생각만이 강했고, 불당에 가서 화집을 꺼내 들고 돌아오는 길에 아까 뱀이 있 던 곳을 슬쩍 보았으나 이미 없었다.

해 질 무렵 어머니와 응접실에서 차를 마시며 마당 쪽을 보고 있는데, 돌계단의 세 번째 돌 위로 오늘 아침 그 뱀이 다시 느릿느릿 나타났다.

어머니도 그걸 발견하고 "저 뱀은?" 하고 말씀하시자마자 자리에서 일어나 달려와서는 내 손을 잡고 그 자리에서 꼼 짝도 하지 않았다. 그 말을 들은 나도 바로 알아채고 "알의 어미?" 하고 물었다.

"그래, 맞아."

어머니의 목소리가 갈라졌다.

우리는 손을 맞잡고 숨을 죽인 채 가만히 그 뱀을 지켜보았다. 돌 위에 귀찮다는 듯이 웅크리고 있던 뱀은 비틀거리듯 다시 움직이기 시작하더니 힘없이 돌계단을 가로질러 제비붓꽃 쪽으로 기어들어 갔다.

"오늘 아침부터 마당을 돌아다녔어요."

내가 나직이 말하자 어머니는 한숨을 쉬고 털썩 의자에 주저앉으며 울적하게 말씀하셨다.

"그렇지? 알을 찾는 거야. 불쌍해라."

나는 어쩔 도리 없이 후후 웃었다.

저녁 해가 어머니의 얼굴을 비추자 어머니의 눈이 파랗게 보일 정도로 반짝였다. 조금은 노여움을 띤 그 얼굴은 냉큼 달려가 안기고 싶을 만큼 아름다웠다. 그리고 나는 아아, 어머니의 얼굴이 아까 본 그 슬픈 뱀과 어딘가 닮았다고 생각했다. 또 내 가슴속에 똬리를 틀고 있는 살무사처럼 흉측한 뱀이 깊은 슬픔으로 더없이 아름다운 이 어미 뱀을 언젠가 물어 죽이고 마는 게 아닐까, 어쩐지 자꾸만 그런 생각이 들었다.

나는 어머니의 부드럽고 가냘픈 어깨에 손을 얹고 까닭 모를 몸부림을 쳤다.

우리가 도쿄東京 니시카타초의 집을 버리고 이곳 이즈伊豆의 중국풍 산장으로 이사한 것은 일본이 무조건 항복을 한 그해 12월 초순이었다.

아버지가 돌아가시고 나서 우리 집 살림은 어머니의 남동생이자 지금은 어머니의 유일한 혈육인 와다 외삼촌이 전부 돌봐주셨는데, 와다 외삼촌이 전쟁이 끝나고 세상도 변해 더는 버티기 힘드니 집을 파는 수밖에 없겠다, 하녀들도 모두 내보내고 모녀 둘이서 시골 어딘가에 아담한 집을 마련해서 편하게 지내는 게 낫겠다고 어머니께 말씀드린 듯했다. 어머니는 돈에 관해선 어린아이보다도 더 아는 게 없는 분이라 와다 외삼촌의 말을 듣고는 그럼 잘 부탁한다며 일임한 것 같았다.

11월 말, 외삼촌한테서 속달이 왔다. 슨즈駿豆 철도 인근에 가와타 자작의 별장이 매물로 나왔는데 집은 고지대여서 전망이 좋고 밭도 100평 남짓 된다, 그 일대는 매실의 명소로 겨울에 따뜻하고 여름엔 시원해서 살아보면 틀림없이 마음에 들 거다, 상대방을 직접 만나 이야기를 나눌 필요가 있으니 아무쪼록 내일 긴자銀座에 있는 자기 사무실로 나와주길 바란다는 내용이었다.

"어머니, 가시겠어요?"

내가 여쭈었다.

"그야, 부탁했으니까."

어머니는 더없이 쓸쓸한 미소를 지으며 말씀하셨다.

다음 날, 어머니는 예전에 운전기사로 일했던 마쓰야마 씨에게 부탁해서 점심때가 조금 지나 외출했다가 밤 8시쯤 마쓰야마 씨와 함께 귀가했다.

"결정했다."

어머니는 내 방으로 들어와 책상에 손을 짚고 그대로 무너지듯 주저앉으며 그렇게 한마디 하셨다.

"결정하다니, 뭘요?"

"전부."

"하지만."

나는 깜짝 놀랐다.

"어떤 집인지 보지도 않고……."

어머니는 책상 위에 한쪽 팔꿈치를 세우고 이마에 살짝 손을 갖다 댄 채 작게 한숨을 내쉬고 말씀하셨다.

"와다 외삼촌이 좋은 곳이라고 하더구나. 난 이대로 눈 딱 감고 그 집으로 가도 괜찮지 싶다."

그러고는 얼굴을 들어 보일락 말락 하게 미소 지었다. 다소 핼쑥한 얼굴이 아름다웠다.

"그래요."

나도 와다 외삼촌에 대한 어머니의 아름다운 신뢰에 지고 말아 맞장구를 쳤다.

"그렇담, 저도 눈 딱 감죠, 뭐."

둘이서 소리 내어 웃었지만, 웃고 나니 한없이 쓸쓸해졌다.

그 후 매일 집으로 일꾼이 와서 이삿짐을 꾸리기 시작했다. 와다 외삼촌도 찾아와 팔 만한 물건은 팔아치우도록 이것저것 골라주셨다. 나는 하녀 오키미와 둘이서 옷 정리를 하거나 마당에서 잡동사니를 태우느라 분주한데, 어머니는 정리하는 걸 전혀 거들지도, 시키지도 않고 날마다 방에서 공연히 꾸물거리기만 하셨다.

"왜 그러세요? 이즈에 가기 싫으세요?"

큰맘 먹고 조금은 쌀쌀맞게 물어봐도 어머니는 "아니야." 라고 멍한 표정으로 대답할 뿐이었다.

열흘쯤 지나 정리가 끝났다. 저녁 무렵 내가 오키미와 둘이서 휴지며 지푸라기 따위를 마당에서 태우고 있을 때, 어머니도 방에서 나와 툇마루에 서서 말없이 모닥불을 지켜보셨다. 을씨년스럽고 차가운 서풍이 불어와 연기가 낮게 땅바닥을 기는데, 나는 문득 어머니의 얼굴을 쳐다보고 어머니의 안색이 여태껏 본 적이 없을 정도로 나빠 깜짝 놀랐다.

"어머니! 안색이 너무 안 좋아요!"

내가 소리치자 어머니는 옅은 미소를 띠고 대답하셨다.

"아무렇지 않아."

그러고는 다시 조용히 방으로 들어가셨다.

그날 밤, 이불은 벌써 짐을 싸놓은 터라 오키미는 2층 방 소파에서, 어머니와 나는 이웃집에서 빌린 이불을 하나 깔고 어머니 방에서 함께 잤다.

어머니는 흠칫 놀랄 만큼 늙고 쇠약해진 목소리로 뜻밖의 말씀을 하셨다.

"가즈코가 있으니까, 네가 곁에 있어주니까, 내가 이즈에 가는 거야. 네가 있어주니까."

나는 덜컥 놀라서 무심코 물었다.

"내가 없으면?"

어머니는 갑자기 눈물을 짓더니 "죽는 게 낫지. 아버지가 돌아가신 이 집에서…… 엄마도…… 죽어버리고 싶구나."라고 띄엄띄엄 말씀하시다 끝내 서럽게 우셨다.

어머니는 지금까지 내게 한 번도 이런 약한 소리를 하신 적이 없었고, 또 이토록 서럽게 우시는 모습을 보인 적도 없었다. 아버지가 돌아가셨을 때도, 내가 시집갈 때도, 그리고 임신해서 어머니에게 돌아왔을 때도, 또 병원에서 아기를 사산했을 때도, 내가 병으로 몸져누웠을 때도, 나오지가 못된 짓을 저질렀을 때도 어머니는 절대 이처럼 약한 모습은 보이지 않으셨다.

아버지가 돌아가신 이래 10년 동안, 어머니는 아버지가 살아 계실 때와 조금도 다름없이 태연하고 상냥한 어머니였다. 그래서 우리도 마음껏 응석을 부리며 자랐다. 하지만 어머니에겐 이제 돈이 없다. 우리를 위해, 나와 나오지를 위해 한 푼도 남기지 않고 죄다 써버렸다. 그리고 이제 오래도록 정든 이 집을 떠나 이즈의 자그마한 산장에서 나와 단둘이 적적한 생활을 시작해야만 한다.

만약 어머니가 심술궂고 쩨쩨하고 우리를 야단치고 또 몰래 뒷주머니를 찰 궁리를 하는 사람이었다면, 아무리 세상이 변해도 이렇듯 죽고 싶다는 기분이 들지는 않을 텐데, 아아, 돈이 없다는 건 얼마나 두렵고 비참하고 희망 없는 지옥인가, 하고 난생처음 깨달은 양 가슴이 미어지고 너무나 괴로워 울고 싶어도 울 수 없었다. 인생의 엄숙함이란 이런 느낌을 말하는 걸까. 옴짝달싹도 할 수 없는 심정으로 똑바로 누운 채 나는 돌덩이처럼 가만히 있었다.

다음 날, 어머니는 여전히 좋지 않은 안색으로 괜스레 꿈지럭대며 잠시라도 더 오래 이 집에 머물고 싶은 눈치였는데, 와다 외삼촌이 오셔서서 이제 짐은 거의 다 부쳤으니 오늘 이즈로 출발하자고 재촉하자 어머니는 마지못해 코트를 입었다. 작별 인사를 건네는 오키미와 이웃들에게 말없이 고개 숙여 답하시고 외삼촌과 나, 어머니까지 세 사람은 니시카타초의 집을 나섰다.

기차는 비교적 한산해서 세 사람 모두 앉을 수 있었다. 기차 안에서 외삼촌은 굉장히 기분이 좋은 듯 우타이謠(일본의 전통 가면극인 노가쿠能樂의 가사. 여기에 가락을 붙여 노래를 부른다─옮긴이) 따위를 흥얼거렸지만, 어머니는 안색이 나빴고 고개를 숙인 모습이 무척 추워 보였다. 미시마三島에서 슨즈 철도로 갈아타고 이즈 나가오카長岡에서 하차한 뒤, 다시 버스로 15분 정도 가서 내려 산 쪽으로 완만한 비탈길을 올라가니 작은 마을이 나왔다. 그 마을의 변두리에 중국풍으로 멋을 부린 산장이 있었다.

"어머니, 생각보다 좋은 곳이네요."

나는 숨을 헐떡거리며 말했다.

"그렇구나."

어머니도 산장의 현관 앞에 서서 순간 기뻐하는 눈빛을 보였다.

"무엇보다 공기가 좋아요. 아주 깨끗해요."

외삼촌은 자랑하듯 말했다.

"정말이네."

어머니가 미소 지으며 말씀하셨다.

"맛있어. 여기 공기는 맛이 있구나."

그리고 셋이서 웃었다.

현관에 들어가 보니 도쿄에서 부친 짐이 벌써 도착해서 현관이건 방이건 온통 짐으로 가득했다.

"그리고 방에서 보이는 전망도 좋아요."

외삼촌은 한껏 들떠서 우리를 방으로 잡아끌다시피 데려가 앉혔다.

오후 3시경의 겨울 햇살이 마당 잔디밭에 부드럽게 내리비치고 있었다. 잔디밭에서 돌계단을 내려간 곳에는 작은 연못이 있고 매화나무가 많았다. 마당 아래에는 귤밭이 펼쳐지고 거기부터 마을 길이 있었다. 그 맞은편은 논인데 거기서 더 멀리 가면 솔숲이 있고 그 솔숲 너머로 바다가 보인다. 이렇게 방에 앉아 있으니, 딱 내 가슴께에 수평선이 닿을 정도의 높이였다.

"평화로운 정경이구나."

어머니는 쓸쓸하게 말씀하셨다.

"공기 탓일까요? 햇살이 도쿄하곤 완전 달라요. 마치 비단 결 같아요."

나는 신이 나서 말했다.

다다미疊(다다미 한 장의 넓이는 약 0.5평―옮긴이) 열 장짜리 방과 여섯 장짜리 방, 중국풍 응접실과 현관이 다다미 석 장, 욕실에도 다다미 석 장이 깔려 있고, 식당과 부엌, 그리고 2층에는 넓은 침대가 딸린 손님용 방 하나, 이 정도이긴 해도 우리 두 사람, 아니 나오지가 돌아와서 셋이 되어도 그리 불편하지는 않겠다고 생각했다.

외삼촌은 이 마을에서 딱 한 곳뿐이라는 여관에 식사를 주문하러 나갔다가 돌아와서 잠시 후 배달되어 온 도시락을 방에 펼쳐놓고 자기가 들고 온 위스키를 마시며 이 산장의 전 주인인 가와타 자작과 중국에서 놀던 때의 실수담 등을 유쾌하게 들려주었지만, 어머니는 도시락에 아주 잠깐 젓가락만 댔을 뿐이었다. 이윽고 사방이 어둑해질 무렵이었다.

"이대로 좀 누웠으면 좋겠구나."

어머니가 나직이 말씀하셨다.

나는 짐 속에서 이불을 꺼내 눕혀드리고 왠지 마음이 영 편치 않아서 짐을 뒤적여 찾아낸 체온계로 열을 재어보았더니 39도였다.

외삼촌도 많이 놀란 듯, 부랴부랴 아랫마을로 의사를 찾으러 나갔다.

"어머니!"

불러도 그저 꾸벅꾸벅 졸고 계신다.

나는 어머니의 자그마한 손을 꼭 잡고 흐느껴 울었다. 어머니가 너무도 가여워서, 아니 우리 두 사람이 너무도 가여워서 도무지 울음이 멈추지 않았다. 울면서 정말 이대로 어머니와 함께 죽고 싶다고 생각했다. 이제 우리는 아무것도 필요 없어. 우리 인생은 니시카타초의 집을 나설 때 이미 끝났다고 생각했다.

두 시간쯤 지나 외삼촌이 마을의 의사 선생님을 모시고 왔다. 의사 선생님은 나이가 꽤 지긋하신 분으로 센다이仙台산産 비단 하카마袴(일본 옷의 겉에 입는 주름 잡힌 하의―옮긴이)에 흰 버선을 신고 있었다.

진찰이 끝났다.

"폐렴으로 진행될지도 모르겠습니다. 그러나 폐렴으로 진행되더라도 염려할 건 없습니다."

의사는 영 미덥지 못한 말을 하고 주사를 놓아준 뒤 돌아갔다.

다음 날도 어머니의 열은 내리지 않았다. 와다 외삼촌은 내게 2000엔을 건네며 만약 입원하게 되면 도쿄로 전보를 치라는 말을 남기고 그날은 일단 귀경했다.

나는 짐 속에서 꼭 필요한 최소한의 취사도구를 꺼내 죽을 만들어 어머니에게 권했다. 어머니는 누운 채 세 숟가락을 드시고는 이내 고개를 저었다.

점심때가 되기 전에 아랫마을의 의사 선생님이 다시 왔다. 이번엔 하카마 차림은 아니었지만 역시나 흰 버선을 신고 있었다.

"입원하시는 게……."

내 말이 끝나기도 전에 의사가 말했다.

"아니, 그럴 필요는 없습니다. 오늘은 좀 더 강한 주사를 놓아드릴 테니 열도 내릴 겁니다."

그는 여전히 미덥지 못한 대답을 한 뒤 말한 대로 강한 주사를 놓고 돌아갔다.

그런데 그 강한 주사가 정말 효험이 있었는지 그날 점심때가 지나 어머니의 얼굴이 새빨개지고 땀이 비 오듯 났다. 잠옷을 갈아입을 때 어머니는 웃으며 말씀하셨다.

"명의일지도 모르겠구나."

열은 37도로 내려갔다. 나는 기쁜 나머지 이 마을의 단 한 곳뿐인 여관으로 달려가 여관 주인에게 부탁해서 달걀을 열 알 얻어 바로 반숙으로 만들어서 어머니에게 드렸다. 어머니는 반숙 세 알, 그리고 죽을 반 그릇쯤 드셨다.

다음 날, 마을의 명의가 이번에도 흰 버선을 신고 와서 내가 어제의 강한 주사에 대해 감사 인사를 하자 효과는 당연지사라는 표정으로 크게 끄덕였다. 그는 꼼꼼히 진찰하고 나서 내 쪽을 돌아보며 말했다.

"사모님은 이제 완쾌되셨습니다. 그러니 이제부턴 무얼 드셔도, 무얼 하셔도 괜찮습니다."

여전히 묘한 말투에 나는 웃음이 터져 나오려는 것을 꾹 참느라 애를 먹었다.

의사 선생님을 현관까지 배웅해드리고 방으로 돌아오니 어머니는 침상에 앉아 계셨다.

"정말 명의구나. 벌써 다 나았어."

무척 즐겁고 들뜬 표정으로 혼잣말을 하셨다.

"어머니, 장지문을 열까요? 눈이 와요."

꽃잎처럼 탐스러운 함박눈이 펄펄 내리고 있었다. 나는 장지문을 열고 어머니와 나란히 앉아 유리문 너머로 눈을 바라보았다.

"벌써 다 나았어."

어머니는 거듭 혼잣말을 했다.

"이렇게 앉아 있으니 옛날 일들이 모두 꿈만 같구나. 난 사실 이사하기 직전까지도 이즈로 오는 게 정말이지 뭐라 말할 수 없이 싫더구나. 니시카타초의 집에 하루든 반나절이든 더 머물고 싶었어. 기차를 탔을 때는 거의 죽은 거나 다름없는 기분이었고. 여기 도착해서도 처음엔 조금 즐겁기도 했지만, 어둑해지고 나니 금세 도쿄가 그리워 가슴이 까맣게 타는 듯 정신이 아득해지더구나. 보통 병이 아니야. 하느님께서 나를 한번 죽게 하시고 어제까지의 나와 다른 나를 만들어 다시 태어나게 해주셨어."

그 후 오늘까지 우리 둘만의 산장 생활이 그럭저럭 별일 없이 평온하게 이어졌다. 마을 사람들도 우리에게 친절히 대해주었다. 여기로 이사 온 것이 작년 12월, 그리고 1월, 2월, 3월, 4월의 오늘까지 우리는 식사 준비 말고는 대개 툇마루에서 뜨개질을 하거나 응접실에서 책을 읽거나 차를 마시면서 거의 세상을 등지다시피 한 생활을 했다.

2월에는 매화가 피어 이 마을 전체가 온통 매화꽃으로 뒤덮였다. 그리고 3월에도 바람 한 점 없는 온화한 날이 많아 활짝 핀 매화가 전혀 시들지 않은 채 3월 말까지 아름다운 꽃을 피웠다.

아침에도 낮에도 저녁에도 밤에도, 매화꽃은 한숨이 터질 정도로 아름다웠다. 그리고 툇마루의 유리문을 열면, 언제나 꽃향기가 방으로 후욱 흘러들었다.

3월 말에는 저녁때가 되면 어김없이 바람이 불어 해 질 무렵 식당에서 내가 찻잔을 늘어놓고 있으면 창문으로 매화 꽃잎이 날아 들어와 찻잔 속에 잠겨 젖었다.

4월이 되어 어머니와 내가 툇마루에서 뜨개질하며 나누는 대화의 화제는 대개 밭을 일구는 계획이었다. 어머니도 거들고 싶다고 하신다. 아아, 이렇게 쓰고 보니, 언젠가 어머니가 말씀하신 대로 우리는 정말로 한번 죽어서 예전의 우리와 다른 모습으로 다시 태어난 것 같다. 그러나 예수님과 같은 부활은 결국 인간에겐 불가능한 게 아닐까? 어머니는 말씀은 그렇게 하셨어도 여전히 수프를 한 술 드시고는 나오지 생각에 "아!" 하고 탄식하신다. 그리고 내 과거의 상처도 실은 전혀 아물지 않았다.

아아, 뭐든지 숨김없이 솔직하게 쓰고 싶다. 이 산장의 평온은 전부 거짓이고 허울에 불과하다고 속으로 생각할 때조차 있다. 이것이 우리 모녀가 하느님께 받은 짧은 휴가라 해도, 이미 이 평화에는 뭔가 불길하고 어두운 그림자가 소리 없이 다가와 있는 듯한 느낌을 지울 수 없다.

어머니는 행복을 가장하면서 나날이 쇠약해지고, 내 가슴 속에 똬리를 튼 살무사는 어머니를 희생시키면서까지 살이 오른다. 내가 아무리 힘껏 짓눌러도 살이 찐다. 아아, 이것이 그저 계절 탓이기만 하다면 좋으련만, 나는 요즘의 이런 생활이 도저히 참을 수 없어지곤 한다. 뱀 알을 태우는 경솔한 짓을 저지른 것도, 이렇듯 초조한 내 마음이 표출된 게 틀림없다. 그렇게 그저 어머니의 슬픔을 더욱 깊어지게 하고, 어머니를 더욱 쇠약해지게 할 뿐이다.

'사랑'이라 썼다가 그다음은 쓰지 못했다.

2

뱀 알을 태운 일이 있고 나서 열흘쯤 지나 불길한 일이 연거푸 일어났다. 어머니의 슬픔을 한층 더 깊어지게, 목숨을 더 옅어지게 만들었다.

　내가 불을 내고 말았다.

　내가 불을 낸다. 내 평생 그런 무시무시한 일이 일어나리라고는 어릴 적부터 지금껏 꿈에서조차 생각한 적이 한 번도 없건만.

　불을 소홀히 다루면 불이 난다는 지극히 당연한 사실조차 미처 깨닫지 못할 만큼 나는 세상에서 말하는 '공주님'이었던 걸까?

　밤중에 화장실에 가려고 일어나 현관의 칸막이 옆까지 갔는데 욕실 쪽이 환했다. 무심코 들여다보니 욕실의 유리문이 새빨갛고 타닥타닥 소리가 들렸다. 종종걸음을 치며 달려가 욕실의 쪽문을 열고 맨발로 밖으로 나가 보니 욕실 아궁이 옆에 높이 쌓아둔 장작더미가 무서운 기세로 타오르고 있었다.

마당이 맞닿은 아랫집 농가로 달려가 힘껏 문을 두드리며 외쳤다.

"나카이 씨! 일어나세요, 불이에요!"

나카이 씨는 벌써 잠자리에 든 듯했지만 내 목소리에 바로 대답했다.

"예, 곧 나갑니다."

그러고는 내가 "부탁드려요. 빨리 와주세요."라고 말하는 사이에 잠옷 바람으로 집에서 뛰어나왔다.

둘이서 다시 불난 곳으로 달려가 양동이로 연못물을 퍼담아 끼얹는데, 복도 쪽에서 어머니가 아얏! 하고 외치는 소리가 들렸다. 나는 양동이를 내던지고 마당에서 복도로 올라갔다.

"어머니, 걱정 마세요. 괜찮아요. 쉬고 계세요."

나는 당장이라도 쓰러질 것 같은 어머니를 부축하고 침상으로 모시고 가서 눕혀드린 뒤 다시 불난 데로 달려와 이번에는 욕실 물을 퍼서 나카이 씨에게 건넸다. 나카이 씨가 그걸 장작더미에 들이부었지만, 불길이 강해서 도저히 그 정도로는 꺼질 것 같지 않았다.

"불이야, 불! 별장에 불이야!"

아래쪽에서 고함이 들리더니 순식간에 마을 사람 네댓 명이 울타리를 부수고 뛰어 들어왔다. 그리고 울타리 아래의 허드렛물을 릴레이로 양동이에 퍼 날라 이삼 분 만에 불길을 잡았다. 조금만 지체했다간 욕실 지붕으로 불이 번질 뻔했다.

다행이라고 생각한 순간, 나는 이 화재의 원인을 알고 가슴이 철렁했다. 정말이지 나는 그제야 비로소 이 화재의 소동이 내가 저녁 무렵 욕실 아궁이에서 때다 남은 장작을 아궁이에서 꺼내 불이 꺼진 줄 알고 장작더미 옆에 놓아둔 데서 일어났음을 알아챘다. 그걸 깨닫고 울음이 복받쳐 멍하니 서 있는데 앞집 니시야마 씨네 며느리가 울타리 밖에서 큰 소리로 말하는 게 들렸다.

"욕실이 홀랑 탔네. 아궁이 불단속이 허술했지 뭐야."

촌장인 후지타 씨, 니노미야 순경, 경방단장警防團長 오우치 씨 등이 찾아왔다. 후지타 씨는 늘 그렇듯 상냥한 미소를 지으며 물었다.

"많이 놀라셨죠? 어떻게 된 겁니까?"

"제 실수예요. 장작불이 꺼진 줄 알고······."

말하면서 나 자신이 너무나 비참하게 느껴져서 눈물이 쏟아졌다. 나는 고개를 숙인 채 입을 다물었다. 방화범으로 경찰서에 끌려가게 될지도 모른다고 생각했다. 맨발에 잠옷 바람인 채 흐트러진 내 모습이 갑자기 부끄러워지면서 완전히 망했구나 싶었다.

"알겠습니다. 어머님은요?"

후지타 씨가 달래듯 조용히 말했다.

"방에 누워 계세요. 너무 많이 놀라셔서……."

"그래도 집으로 불이 옮겨붙지 않아서 다행입니다."

젊은 니노미야 순경도 위로해주었다.

그때 아랫집 농가의 나카이 씨가 옷을 갈아입고 다시 나와서 숨을 헐떡이며 나의 멍청한 실수를 감싸주었다.

"그냥 뭐, 장작이 조금 탔을 뿐입니다. 불이랄 것도 없어요."

"그렇군요. 잘 알겠습니다."

촌장인 후지타 씨는 두 번 세 번 고개를 끄덕이고 니노미야 순경과 작은 목소리로 뭔가를 의논하더니 "그럼, 이만 가볼 테니, 모쪼록 어머님을 잘 돌봐드리세요."라고 말하고는 경방단장 오우치 씨를 비롯한 다른 분들과 함께 돌아갔다.

혼자 남은 니노미야 순경이 내 앞으로 바짝 다가와서 숨소리나 다름없는 낮은 목소리로 말했다.

"그럼, 오늘 밤 일은 따로 신고하지 않겠습니다."

니노미야 순경이 돌아간 뒤 아랫집 농가의 나카이 씨가 진심으로 걱정스럽다는 듯 긴장된 목소리로 물었다.

"니노미야 씨가 뭐라던가요?"

"신고하지 않겠다고 하셨어요."

내가 대답하자 여태 울타리 쪽에 남아 있던 이웃 사람들이 내 대답을 들었는지 "그랬군. 다행이야. 잘 됐어."라며 하나둘 자리를 떴다.

나카이 씨도 "그럼, 쉬세요."라고 말하고 돌아갔다. 홀로 남아 타다 만 장작더미 옆에 멍하니 서서 눈물을 글썽이며 하늘을 올려다보니 어느새 하늘빛은 새벽녘에 가까웠다.

욕실에서 손과 발, 얼굴을 씻고 어머니를 보기가 왠지 두려워서 머리를 매만지며 꾸물거렸다. 그러고는 부엌으로 가서 날이 훤히 밝을 때까지 쓸데없이 그릇 정리를 했다.

날이 밝아 방 쪽으로 살며시 발소리를 죽이며 가보니, 어머니는 이미 말끔히 옷을 갈아입고 몹시 지친 기색으로 응접실 의자에 앉아 있었다. 나를 보고 빙그레 미소 지었지만, 그 얼굴은 깜짝 놀랄 만큼 창백했다.

나는 웃지 않고 말없이 어머니의 의자 뒤로 가서 섰다.

잠시 후 어머니가 나를 보며 말씀하셨다.

"별일 아니란다. 장작이란 게 원래 태우기 위한 거잖니."

나는 갑자기 기분이 좋아져서 "호호호." 하고 웃었다. "경우에 합당한 말은 아로새긴 은쟁반에 금사과니라."라는 《성경》의 〈잠언〉 구절을 떠올리고 이처럼 자상한 어머니를 둔 나의 행복을 하느님께 진심으로 감사했다. 어젯밤 일은 어젯밤 일. 더는 지난 일로 끙끙대지 말자고 다짐하며 나는 응접실 유리문 너머로 이즈의 아침 바다를 바라보았다. 그렇게 한참 동안 어머니의 뒤에 서 있는 사이, 어머니의 고요한 숨소리와 나의 호흡이 딱 맞춰졌다.

아침 식사를 가볍게 마치고 불에 탄 장작더미를 정리하려는데, 이 마을에서 단 한 곳뿐인 여관의 여주인인 오사키 씨가 마당의 사립문으로 종종걸음을 치며 들어왔다.

"어떻게 된 거예요? 무슨 일이죠? 이제야 얘길 들었는데, 어젯밤엔 대체 무슨 일이 있었던 거죠?"

오사키 씨의 눈에 눈물이 맺혔다.

"죄송해요."

나는 작은 목소리로 사과했다.

"죄송이고 뭐고, 그보다 경찰은 뭐라던가요?"

"괜찮대요."

"아아, 다행이네."

진심으로 기쁜 표정이었다.

나는 마을 사람들에게 어떤 식으로 감사와 사과의 마음을 표시하면 좋을지 오사키 씨와 상의했다. 오사키 씨는 역시 돈이 좋겠다며 돈을 들고 사과하러 가야 할 집들을 알려주었다.

"하지만 아가씨가 혼자 다니기 뭣하면 나도 같이 가줄게요."

"혼자 가는 게 낫겠지요?"

"혼자 갈 수 있겠어요? 그야, 혼자 가는 게 낫죠."

"혼자 갈게요."

그러고 나서 오사키 씨는 불탄 자리를 정리하는 걸 조금 거들어주었다.

정리가 끝난 뒤 나는 어머니한테 돈을 받아 100엔짜리 지폐를 한 장씩 미농지로 싸고 겉에 일일이 '죄송합니다'라고 썼다.

우선 제일 먼저 마을 사무소로 갔다. 촌장인 후지타 씨가 부재중이라 접수 일을 보는 아가씨에게 돈을 싼 꾸러미를 내밀고 사과 인사를 했다.

"어젯밤엔 정말 죄송했습니다. 앞으로 조심할 테니 부디 용서해주세요. 촌장님께도 잘 전해주시고요."

다음으로 경방단장 오우치 씨의 집에 갔는데, 오우치 씨

가 현관에 나와서 나를 보고 안됐다는 듯 말없이 미소를 짓
는 모습을 보고 나는 뭣 때문인지 갑자기 울고 싶어졌다.

"어젯밤엔 죄송했습니다."

간신히 이 말만 하고 황급히 돌아 나오는 길에 눈물이 쏟
아져 얼굴이 엉망이 되고 말았다. 일단 집으로 돌아와 세수
를 하고 화장을 고친 다음 다시 외출하려고 현관에서 구두
를 신는데 어머니가 나오셨다.

"또 나가게?"

"네, 이제 시작인걸요."

나는 얼굴을 들지 않고 대답했다.

"고생이 많구나."

숙연하게 말씀하셨다.

어머니의 애정 어린 말씀에 힘을 얻어 이번엔 한 번도 울
지 않고 방문을 모두 마쳤다.

구청장 댁에 갔을 때는 구청장이 부재중이라 며느리가 대
신 나왔는데 나를 보자마자 오히려 먼저 눈물을 글썽였고,
또 순경 댁에서는 니노미야 순경이 "다행이에요, 정말 다행
이야."라고 말해주었다. 다들 하나같이 친절한 분들뿐이었
다. 이어서 찾아간 이웃집들에서도 역시나 모두가 동정하고
위로해주었다. 다만 앞집 니시야마 씨네 새댁(새댁이라 해도 이미

마흔이 훌쩍 넘은 아주머니였다)에게는 호되게 야단맞았다.

"앞으론 조심해요. 황족인지 뭔지는 내 알 바 아니지만, 난 전부터 당신네 소꿉놀이 장난 같은 생활 모습에 얼마나 조마조마했는지 몰라요. 어린애 둘이 사는 것 같으니 원. 여태 껏 불을 안 낸 게 신기할 정도예요. 이제부턴 정말 조심해요. 어젯밤만 해도 그렇지, 바람이라도 세게 불었다면 이 마을이 홀랑 다 타버렸을 거라고요."

아랫집 농가의 나카이 씨 같은 이는 촌장과 니노미야 순경 앞으로 달려가 "불이랄 것도 없습니다." 하고 감싸주었지만, 이 니시야마 씨네 새댁은 울타리 밖에서 "욕실이 홀랑 탔네. 아궁이 불단속이 허술했지 뭐야."라고 큰 소리로 말했던 사람이다. 하지만 나는 니시야마 씨네 새댁의 꾸지람에서 진실을 깨달았다. 정말 맞는 말이라고 생각했다. 조금도 니시야마 씨네 새댁을 원망하지 않았다.

어머니는 "장작이란 게 원래 태우기 위한 거잖니."라며 농담으로 나를 위로해주었지만, 그때 정말 바람이 세게 불었다면 니시야마 씨네 새댁의 말대로 이 마을 전체가 다 타버렸을지도 모른다. 그렇게 되었다면 내가 죽음으로 사죄한다해도 부족하다. 내가 죽으면 어머니도 살아갈 수 없을 테고, 또 돌아가신 아버지의 이름을 욕되게 하는 일이 된다. 황족이건 화족이건 지금은 옛날 일이 되었지만, 그래도 어차피 죽을 바에는 한껏 근사하게 죽고 싶다. 화재를 내고 그 사죄의 의미로 죽다니, 그런 비참한 죽음은 죽어도 죽은 게 아니리라. 여하튼 좀 더 정신을 차려야 한다.

나는 다음 날부터 밭일에 힘을 쏟았다. 아랫집 나카이 씨의 딸이 가끔 거들어주었다. 화재를 내는 따위의 추태를 부리고 나서는 내 몸의 피가 어쩐지 약간 검붉어진 느낌이다. 일전엔 내 가슴에 고약한 살무사가 들어앉았고 이번엔 혈색까지 조금 바뀌었으니, 마침내 야성적인 시골 여자가 된 것 같았다. 어머니와 툇마루에서 뜨개질을 하노라면 괜히 갑갑하고 답답해서 차라리 밭에 나가 땅을 일구는 게 마음이 편할 정도였다.

이런 게 육체노동이라는 걸까. 이처럼 힘을 쓰는 일이 내게 처음은 아니다. 나는 전쟁 때 징용되어 달구질까지 했다. 지금 밭에서 신고 있는 작업화(일본어로는 지카타비地下足袋, 왜버선 모양에 고무 창을 댄 노동자용 작업화—옮긴이)도 그때 군에서 배급받은 것이다. 작업화라는 것을 그때 난생처음 신어보았는데 놀랄 만큼 착용감이 좋았다. 그걸 신고 마당을 걸어보았더니 새나 짐승이 맨발로 땅바닥을 걷는 경쾌함을 나도 충분히 알게 된 것 같아 가슴이 찌릿하도록 기뻤다. 전쟁 중에 즐거웠던 기억은 오직 그것 하나뿐. 생각해보면 전쟁이란 참 재미없는 것이었다.

작년엔 아무 일도 없었다
재작년에도 아무 일이 없었다
그 전해에도 아무 일이 없었다

이런 재미있는 시가 종전 직후 어느 신문에 실렸는데 지금 떠올려도 참으로 온갖 일들이 있었던 것 같은 느낌이 들면서도 역시나 아무 일이 없었던 것도 같다. 나는 전쟁에 관한 추억은 말하는 것도 듣는 것도 싫다. 많은 사람이 죽었음에도 진부하고 지루하다. 그런데 난 결국 제멋대로인 걸까. 내가 징용되어 작업화를 신고 달구질을 해야 했을 때만은 그리 진부하다고 생각하지 않는다. 꽤 힘든 일도 겪었지만, 그 달구질 덕분에 몸이 아주 튼튼해졌고 지금도 나는 머잖아 생활이 어려워지면 달구질을 해서 먹고살아야겠다고 생각할 정도다.

전쟁이 점점 절망으로 치달을 무렵, 군복 비슷한 옷차림을 한 남자가 니시카타초의 집으로 찾아와 내게 징용 통지와 노동 날짜가 적힌 종이를 건넸다. 노동일을 보니, 다음 날부터 하루 걸러 하루씩 다치카와立川의 산속까지 일하러 다녀야만 해서 나도 모르게 왈칵 눈물이 쏟아졌다.

"대리인이 가면 안 될까요?"

눈물이 멈추지 않고 흐느낌으로 바뀌었다.

"군에서 당신 앞으로 징용이 나온 거니까 반드시 본인이어야 합니다."

그 남자는 단호하게 대답했다.

나는 가기로 마음먹었다.

다음 날은 비가 왔고 우리는 다치카와의 산기슭에 정렬하여 우선 한 장교의 설교를 들었다.

"전쟁은 반드시 이긴다."

그는 이렇게 서두를 꺼내고 말을 이었다.

"전쟁은 반드시 이기지만 여러분이 군의 명령대로 일하지 않으면 작전에 지장을 초래하여 오키나와 같은 결과가 된다. 맡은 일은 반드시 완수해주기 바란다. 그리고 이 산에도 스파이가 잠입해 있을지 모르니 서로 조심할 것. 여러분도 이제부터는 병사와 마찬가지로 진지 안에 들어와 일하는 것이니 진지의 상황은 절대 발설하지 않도록 충분히 주의하기 바란다."

산에는 비가 억수같이 쏟아졌고, 남녀 합해 500명 남짓한 대원이 비를 맞으며 서서 이야기를 들었다. 대원 중에는 국민학교(1941년부터 1947년까지 행해진 일본의 초등학교 명칭—옮긴이)에 다니는 남학생, 여학생들도 섞여 있었고, 다들 추운 듯 울상을 짓고 있었다. 비는 내가 입은 우비를 뚫고 겉옷으로 스며들더니 마침내 속옷까지 적셨다.

그날은 종일 삼태기를 짊어졌고, 돌아오는 전차 안에서 눈물이 나와 어쩔 줄을 몰랐는데, 다음번 일은 달구질의 밧줄 당기기였다. 나는 이 일이 가장 재미있었다.

두 번, 세 번 산에 가는 사이에 국민학교 남학생들이 나를 기분 나쁜 눈으로 빤히 쳐다보곤 했다. 어느 날 내가 삼태기를 지고 있는데 남학생 두세 명이 내 곁을 스쳐 지나가면서 그중 하나가 소곤거리는 소리가 들렸다.

"저 사람이 스파이야?"

나는 화들짝 놀랐다.

"왜 저런 말을 하죠?"

나는 삼태기를 지고 나란히 걷던 앳된 아가씨에게 물어보았다.

"외국 사람 같으니까요."

그녀는 진지하게 대답했다.

"당신도 내가 스파이라고 생각해요?"

"아뇨."

이번엔 미소를 지으며 대답했다.

"나, 일본인이에요."

이런 내 말이 스스로도 엉뚱한 난센스처럼 여겨져 혼자 키득키득 웃었다.

어느 화창한 날, 나는 아침부터 남자들과 같이 통나무를 나르고 있었는데, 감시 당번인 젊은 장교가 찌푸린 얼굴로 나를 가리키며 말했다.

"이봐, 당신. 당신은 이쪽으로 와."

그러고는 곧장 솔숲 쪽으로 걸어갔다. 나는 불안과 공포로 가슴 졸이며 그의 뒤를 따라갔는데, 숲 깊숙이 제재소에서 막 도착한 판자가 쌓여 있는 곳 앞에서 장교는 걸음을 멈추고 내 쪽으로 휙 몸을 돌리더니 말했다.

"매일, 힘들죠? 오늘은 이 목재를 지키는 일을 하세요."

하얀 이를 드러내고 웃는다.

"여기, 서 있는 건가요?"

"여기는 시원하고 조용하니까, 이 판자 위에서 낮잠을 자도 됩니다. 만약 지루하면 이건 읽었는지 모르겠지만……."

그는 윗옷 주머니에서 작은 문고본을 꺼내 쑥스러운 듯 판자 위에 툭 던졌다.

"이거라도 읽고 계세요."

문고본에는 '트로이카'라고 적혀 있었다.

나는 그 문고본을 집어 들고 나직이 말했다.

"고맙습니다. 우리 집에도 책을 좋아하는 사람이 있는데, 지금은 동남아에 가 있어요."

그런데 뭔가 착각을 했는지 그가 엉뚱한 소리를 했다.

"아아, 그래요? 남편 분 말씀이군요. 동남아라면 고생이 많으시겠어요."

고개를 저으며 조용히 말한다.

"여하튼 오늘은 여기서 경비를 맡아주시고 도시락은 나중에 내가 갖다 드릴 테니 느긋하게 쉬세요."

그는 말을 마치자마자 서둘러 돌아갔다.

나는 목재 위에 걸터앉아 문고본을 읽었다. 절반가량 읽었을 즈음, 그 장교가 뚜벅뚜벅 구둣발 소리를 내며 다가왔다.

"도시락을 가져왔습니다. 혼자 심심하시죠?"

그러고는 도시락을 풀밭 위에 놓아두고 다시 황급히 돌아갔다.

나는 도시락을 먹고 나서 이번에는 목재 위로 기어 올라가 누워서 책을 읽고 다 읽고 나서는 그대로 꾸벅꾸벅 졸기 시작했다.

오후 세 시가 지나 눈을 떴다. 나는 문득 그 젊은 장교를 전에 어디선가 본 적이 있는 것 같아서 떠올려보려고 애썼지만 생각나지 않았다. 목재에서 내려와 머리를 매만지고 있는데 다시 뚜벅뚜벅 구둣발 소리가 들렸다.

"오늘은 정말 수고 많았습니다. 이제 돌아가도 됩니다."

나는 장교에게 달려가 문고본을 내밀고 고맙다는 인사를 하려 했지만, 말이 나오지 않아서 잠자코 장교의 얼굴을 쳐다보았는데 두 사람의 시선이 마주쳤을 때 내 눈에서 눈물이 뚝뚝 떨어졌다. 그러자 그 장교의 눈에도 눈물이 어른거렸다.

우리는 그대로 말없이 헤어졌는데 그 젊은 장교는 그 후 한 번도 내가 일하는 곳에 얼굴을 보이지 않아 나는 그날 딱 하루만 쉴 수 있었다. 이후로는 여전히 하루 걸러 다치카와의 산에서 고된 작업을 했다. 어머니는 자꾸 내 몸을 걱정했으나 나는 오히려 더 튼튼해져서 지금은 달구질 돈벌이에도 은근히 자신감이 생겼고, 밭일도 거뜬히 해내는 여자가 되었다.

전쟁 이야기는 하는 것도 듣는 것도 싫다고 말하면서도 그만 나의 '소중한 체험담'을 꺼내고 말았지만, 나의 전쟁 추억 가운데 조금이라도 이야기하고 싶은 것은 얼추 이 정도고 나머지는 그저 언젠가의 그 시처럼 "작년엔 아무 일도 없었다. 재작년에도 아무 일이 없었다. 그 전해에도 아무 일이 없었다."고 말하고 싶을 정도이고, 그저 어이없게도 내게 남은 거라곤 이 작업화 한 켤레뿐이라는 허무함이다.

작업화 이야기가 그만 옆길로 새고 말았는데, 나는 전쟁의 유일한 기념품이랄 수 있는 이 작업화를 신고 날마다 밭에 나가 가슴속 남모르는 불안과 초조함을 달래고 있지만, 어머니는 요즘 날마다 부쩍부쩍 쇠약해지시는 듯했다.

뱀 알.

화재.

그 무렵부터 아무래도 어머니는 누가 봐도 환자의 모습이었다. 반대로 나는 점점 거칠고 천박한 여자가 되어가는 것 같았다. 어쩐지 내가 어머니로부터 끊임없이 정기를 빨아들여 피둥피둥 살이 찌는 느낌이었다.

불이 났을 때도 어머니는 장작은 원래 태우기 위한 거라고 농담으로 넘기고는 화재에 대해 한마디도 안 하시고 오히려 나를 위로하셨다. 하지만 실제로 어머니가 받은 충격은 나보다 열 배는 더 컸을 게 틀림없다.

그 화재가 난 뒤로 어머니는 한밤중에 이따금 앓는 소리를 내는가 하면 바람이 거세게 부는 밤이면 화장실에 가는 척하면서 밤새 몇 번이고 잠자리에서 빠져나가 집 전체를 두루 살피셨다. 게다가 늘 안색이 어둡고 걷는 것조차 힘에 부치는 날도 있었다. 밭일을 거들고 싶다고 전에 말씀하시기에 내가 관두세요, 하고 말씀드렸건만 우물물을 큼지막한 통으로 밭에다 대여섯 번 길어 나르고는 이튿날 숨을 제대로 쉴 수 없을 만큼 어깨가 결린다며 온종일 누워만 계셨다. 그 일이 있고 나서는 아니나 다를까 밭일은 단념한 듯, 가끔 밭에 나오셔도 내가 일하는 모습을 그저 물끄러미 지켜보실 뿐이다.

"여름꽃을 좋아하는 사람은 여름에 죽는다는데, 정말일까?"

오늘도 어머니는 내가 밭일하는 모습을 가만히 지켜보다가 불쑥 이런 말씀을 하셨다. 나는 말없이 가지나무에 물을 주었다. 아아, 그러고 보니 벌써 초여름이다.

"난 자귀나무 꽃을 좋아하는데 여기 마당에는 한 그루도 없구나."

어머니는 다시 조용히 말씀하셨다.

"협죽도가 많잖아요."

나는 일부러 퉁명스레 말했다.

"그건 싫어. 여름꽃은 대체로 좋아하지만 그건 너무 촐랑대서."

"난 장미가 좋아요. 그런데 장미는 사계절 내내 피니까 장미를 좋아하는 사람은 봄에 죽고 여름에 죽고 가을에 죽고 겨울에 죽고 네 번이나 거듭 죽어야 하나요?"

우리 둘은 웃었다.

"잠깐 쉴까?"

어머니가 여전히 웃으시며 말씀하셨다.

"오늘은 너랑 상의할 게 좀 있단다."

"뭔데요? 죽는 얘기라면 질색이에요."

나는 어머니의 뒤를 따라가 등나무 덩굴 아래 벤치에 나란히 앉았다. 등꽃은 이미 다 졌고, 따사로운 오후 햇살이 잎사귀를 비추며 우리 무릎 위에 내려앉아 무릎을 초록빛으로 물들였다.

"전부터 이야기하려고 마음먹고 있었는데 서로 기분이 좋을 때 해야겠다 싶어서 오늘까지 기회를 기다렸단다. 좋은 이야기는 아니야. 하지만 오늘은 어쩐지 나도 술술 이야기를 할 수 있을 것 같으니 너도 그냥 끝까지 참고 들어주렴. 실은 말이지, 나오지가 살아 있단다."

나는 몸이 굳었다.

"대엿새 전에 와다 외삼촌한테서 소식이 왔는데 전에 외삼촌 회사에 근무했던 분이 최근 동남아에서 귀환해 외삼촌에게 인사하러 왔다가 이런저런 얘기 끝에 그분이 우연하게도 나오지와 같은 부대였고 나오지는 무사히 이제 곧 귀환할 거라는 사실을 알게 됐다는구나. 그런데 한 가지 안 좋은 일이 있단다. 그분 말로는 나오지가 꽤 심한 아편 중독자가 된 것 같다고……."

"또?"

쓰디쓴 약을 먹은 것처럼 내 입 모양이 일그러졌다. 나오지는 고등학교 시절, 어느 소설가를 흉내 낸답시고 마약에 중독되었는데 그 때문에 약방에 어마어마한 액수의 빚을 졌고 어머니가 그 빚을 다 갚는 데 2년이나 걸렸다.

"그래, 또 시작한 모양이야. 하지만 그걸 고치지 않으면 귀환도 허락되지 않을 테니, 틀림없이 고쳐서 올 거라고 그분도 말했다는구나. 외삼촌 편지에는 설령 고쳐서 돌아온들 그런 마음가짐으로는 당장 어디에 취직할 수도 없다, 지금처럼 혼란스러운 도쿄에서 일한다는 건 정상적인 사람조차 약간은 정신이 이상해질 정도다, 이제 막 중독을 고친 병자나 다름없는 사람이라면 금세 미치광이가 되어 무슨 일을 저지를지 알 수 없다, 그러니 나오지가 돌아오면 바로 여기 이즈 산장으로 데리고 와서 아무 데도 내보내지 말고 당분간 여기서 요양시키는 게 낫다, 그것이 하나. 그리고 말이야, 가즈코. 외삼촌이 또 한 가지 일러주신 게 있단다. 외삼촌의 말로는 이제 우리 돈이 거의 바닥이 났다는구나. 봉쇄예금(정부의 긴급조치로 봉쇄되어 지불이 제한된 예금―옮긴이)이다, 재산세다 해서 이제 외삼촌도 지금까지처럼 우리한테 돈을 보내기가 힘들어졌다는구나. 그래서 나오지가 돌아와 엄마와 나오지, 가즈코 셋이 그냥 놀고만 있으면 외삼촌도 그 생활비를 마련하느라 상당한 어려움을 겪게 될 테니 조만간 가즈코의 혼처를 찾든가, 아니면 고용살이할 집을 찾든가 선택을 하라는 당부였단다."

"고용살이라면, 식모 말인가요?"

"아니, 외삼촌이 말이야, 그 고마바駒場에 있는……." 하고 어느 황족의 이름을 대고 이렇게 덧붙이셨다.

"그 황족이라면 우리와도 혈족이고 그 따님의 가정 교사를 겸한 고용살이를 한다면, 네가 그리 서운하고 불편해할 건 없다고 하더구나."

"다른 일자리는 없을까요?"

"다른 일자리는 너한테 도저히 무리일 거라고 했어."

"왜요? 왜 무리라는 거죠?"

어머니는 쓸쓸히 미소만 짓고 계실 뿐 아무 대답이 없었다.

"난 정말 싫어! 그런 얘기."

괜한 말이 튀어나왔구나 싶었다. 하지만 멈출 수 없었다.

"내가 이런 작업화를 신다니, 이런 작업화를 말이야!"

말하고는 눈물이 터져 나와 그만 엉엉 소리 내어 울었다. 얼굴을 들어 손등으로 눈물을 훔쳐내며 어머니 앞에서 이러면 안 돼 안 돼, 하면서도 말이 무의식적으로, 육체와 전혀 상관없이 잇달아 나왔다.

"언젠가 말씀하셨잖아요. 가즈코가 있으니까, 가즈코가 곁에 있으니까 어머니도 이즈에 가는 거라고 하셨잖아요. 가즈코가 없으면 죽어버리겠다고 말씀하셨잖아요. 그래서 저는 아무 데도 가지 않고 어머니 곁에서 이런 작업화를 신고 어머니께 맛있는 채소를 드시게 해드리고 싶다는 생각뿐인데, 나오지가 돌아온다는 소식에 갑자기 제가 거추장스러워져서 황족의 고용살이로 가라니, 너무하잖아요. 너무해요."

스스로도 심한 말을 내뱉고 있다고 생각하면서도 말이 마치 살아 꿈틀거리듯 도무지 멈추지 않았다.

"가난해져서 돈이 떨어지면 우리 옷을 내다 팔면 되잖아요. 이 집도 팔아버리면 되잖아요. 전 뭐든 할 수 있어요. 이 마을 사무소 직원이든 뭐든 될 수 있어요. 사무소에서 써주지 않으면 달구질 일꾼도 될 수 있다고요. 가난 따윈 아무것도 아니에요. 어머니만 저를 아껴주신다면 전 평생 어머니 곁에 있을 생각뿐인데, 어머니는 저보다도 나오지를 더 아끼세요. 나갈래요. 전 나가겠어요. 어차피 전 나오지와는 옛날부터 성격이 맞지 않았으니까 셋이 함께 지내봤자 서로 불행할 뿐이에요. 전 여태껏 어머니와 단둘이 오래도록 지내왔으니 더는 아쉬울 것도 없어요. 이제부턴 나오지가 어머니와 둘이서 오붓하게 지내고 나오지가 넘치도록 효도하면 되겠네요. 전 이제 지겨워요. 지금까지의 생활이 진저리나요. 나갈게요. 오늘 당장 나가겠어요. 저도 갈 데가 있다고요."

나는 일어섰다.

"가즈코!"

어머니가 엄하게 말하고, 일찍이 내게 보인 적이 없는 위엄에 찬 표정으로 자리에서 벌떡 일어나 나를 똑바로 쳐다보았다. 나보다 약간 키가 커 보였다.

나는 죄송해요, 하고 당장 말하고 싶었지만 그 말이 도무지 입 밖으로 나오지 않고 도리어 엉뚱한 말이 튀어나왔다.

"속였어요. 어머니는 절 속이신 거예요. 나오지가 돌아올 때까지 저를 이용했어요. 저는 어머니의 식모. 쓸모가 없어졌으니 이젠 황족에게 가라고……."

왈칵 눈물이 터져 나는 선 채로 실컷 울었다.

"넌, 바보로구나."

나직이 말하는 어머니의 목소리는 노여움으로 떨렸다.

나는 얼굴을 들고 또다시 바보처럼 쓸데없는 말을 지껄였다.

"그래요. 바보예요. 바보라서 속은 거예요. 바보라서 거추 장스러운 거죠. 없는 게 낫겠죠? 가난이 뭐죠? 돈이 뭔가요? 전 모르겠어요. 애정을, 오직 어머니의 애정만을 전 바라고 살아왔어요."

어머니는 고개를 돌렸다. 울고 계신다. 나는 죄송해요, 하고 어머니의 품에 안기고 싶었지만, 밭일로 손이 더러운 게 마음에 걸렸다.

"저만 없어지면 되는 거죠? 나갈게요. 저도 갈 데가 있어요."

괜히 멋쩍어진 나는 말을 끝내기가 무섭게 종종걸음으로 욕실로 달려가 흐느껴 울며 얼굴과 손발을 씻고 방에 가서 옷을 갈아입는데, 다시 왈칵 울음이 터져 나와 주저앉고 말 았다. 속이 후련해질 때까지 마음껏 울고 싶어져서 2층 방 으로 뛰어 올라가 침대에 몸을 던지고 담요를 머리에 뒤집 어쓴 채 기운이 쏙 빠지도록 실컷 우는 사이, 정신이 아득해 지면서 차츰 어떤 이가 사무치게 그리워 얼굴이 보고 싶고 목소리를 듣고 싶이 미칠 것 같았다. 마치 양쪽 발바닥에 뜨 거운 뜸을 뜨며 꾹 참고 있는 듯한 묘한 기분이었다.

저녁 무렵, 어머니가 조용히 2층 방으로 들어오더니 소리 나게 전등을 켜고 침대 쪽으로 다가와 아주 상냥하게 나를 불렀다.

"가즈코."

"네."

나는 몸을 일으키고 침대에 앉아 두 손으로 머리카락을 쓸어 올리며 어머니의 얼굴을 보고 후후후 웃었다.

어머니도 엷은 미소를 지으며 창문 아래 소파에 깊숙이 몸을 파묻고 말씀하셨다.

"나는 난생처음으로 와다 외삼촌의 부탁을 거절했다. ……엄마가 방금 외삼촌에게 답장을 썼어. 우리 아이들 일은 내게 맡겨달라고. 가즈코, 옷을 내다 팔자. 우리 둘의 옷을 아낌없이 내다 팔고 원 없이 펑펑 쓰면서 사치스럽게 살아보자. 난 더 이상 너한테 밭일 따윈 시키고 싶지 않구나. 비싼 채소도 좀 사고……. 그렇게 매일 밭일을 하는 건 너한테 무리야."

사실 나도 매일 하는 밭일이 힘에 부치던 참이었다. 아까 그토록 미친 듯이 울며 소동을 피운 것도 밭일의 피로와 슬픔이 범벅되어 모든 게 원망스럽고 지긋지긋해졌기 때문이다.

나는 침대 위에서 고개를 숙인 채 잠자코 있었다.

"가즈코."

"네."

"갈 데가 있다니, 어디?"

나는 목덜미까지 빨개진 것을 느꼈다.

"호소다 씨?"

나는 아무 말도 하지 않았다.

어머니는 깊은 한숨을 내쉬었다.

"옛날 얘길 해도 되겠니?"

"하세요."

나는 작은 목소리로 말했다.

"네가 야마키의 집을 나와서 니시카타초에 있는 집으로 돌아왔을 때, 엄마는 널 특별히 나무라지는 않았다만 그럼에도 딱 한 마디, '넌 엄마를 배신했어.'라고 말했지. 기억하니? 그러자 넌 울음을 터뜨렸고……. 나 역시 배신했다느니 심한 말을 해서 미안했지만……."

그러나 나는 그때, 어머니가 그렇게 말해준 게 어쩐지 고맙고 기뻐서 울었다.

"엄마가 그때 배신당했다고 말한 건 네가 야마키의 집을 나와서가 아니었다. 야마키한테서 '사실 가즈코는 호소다와 애인 사이였습니다.'라는 말을 들었기 때문이야. 그 말을 들었을 땐 정말이지 내 낯빛이 달라지는 느낌이더구나. 그렇잖니? 호소다 씨에겐 부인에다 자식까지 있으니 아무리 네가 사모해봐야 어떻게 될 것도 아니고……."

"애인 사이라니, 말도 안 돼요. 야마키가 그저 멋대로 짐작했을 뿐이에요."

"그럴까? 설마 그 호소다 씨를 아직도 계속 생각하고 있는 건 아니겠지? 갈 데라면 어디?"

"호소다 씨한텐 아니에요."

"그래? 그럼 어디?"

"어머니, 전 요즘 생각하는 게 있어요. 인간이 다른 동물과 완전히 다른 점이 뭘까, 언어도 지혜도 생각도 사회 질서도 각각 정도의 차이는 있지만 다른 동물도 모두 갖고 있잖아요? 신앙도 갖고 있을지 몰라요. 인간은 만물의 영장이라고 으스대지만, 다른 동물과 본질적인 차이가 하나도 없는 것 같지 않나요? 그런데 어머니, 딱 한 가지가 있어요. 모르시겠죠? 다른 생물들에게는 절대로 없고 인간에게만 있는 것, 그건 바로 비밀이라는 거예요. 어때요?"

어머니는 발그스름해진 얼굴에 아름다운 미소를 지으며 말씀하셨다.

"아아, 너의 그 비밀이 좋은 결실을 맺어준다면 좋으련만. 엄마는 매일 아침, 아버지께 너를 행복하게 해달라고 기도한단다."

내 가슴에 불현듯 아버지와 나스노那須野를 드라이브하다 도중에 내려서 보았던 가을 들판의 경치가 떠올랐다. 싸리꽃, 패랭이꽃, 용담, 여랑화 같은 가을꽃들이 피어 있었다. 개머루 열매는 아직 파랬다.

그리고 아버지와 비와琵琶 호수에서 모터보트를 탔고, 내가 물속으로 뛰어들자 수초에 깃든 물고기들이 내 다리에 감기는데, 호수 바닥에 내 다리 그림자가 또렷이 비쳐 흔들리던 모습이 앞뒤 아무 연관도 없이 언뜻 가슴에 떠올랐다 사라졌다.

나는 침대에서 미끄러져 내려와 어머니의 무릎을 그러안고 그제야 말할 수 있었다.

"어머니, 아까는 죄송했어요."

생각하면 그 무렵이 우리 행복의 마지막 남은 불빛이 반짝이던 때였고, 그 후 나오지가 동남아에서 돌아오면서 우리의 진짜 지옥이 시작되었다.

3

아무래도 더는 도저히 살아갈 수 없을 것 같은 위기감. 이런 게 바로 불안이라는 감정일까? 가슴에 고통스러운 파도가 몰아치며 마치 소나기가 그친 하늘에 흰 구름이 잇달아 총총히 흘러가듯 내 심장을 옥죄었다 풀었다 했다. 맥박이 불규칙하고 호흡은 희박해졌으며 눈앞이 가물거리다 어두워졌다. 온몸의 힘이 손가락 끝에서 쭈욱 빠져나가는 느낌에 더는 뜨개질을 하고 있을 수 없었다.

요즘 우중충하게 비가 계속 내려서 무얼 해도 께느른하여 오늘은 툇마루에 등의자를 내다 놓고 올봄에 뜨기 시작한 스웨터를 다시 계속 떠볼 마음이 생겼다. 나는 옅은 자홍색 털실에다 코발트블루 빛깔의 실을 보태어 스웨터를 뜰 생각이었다. 그리고 이 옅은 자홍색 털실은 지금으로부터 벌써 20여 년 전 내가 아직 초등과 학생이던 때, 어머니가 내 목도리를 떠준 털실이었다.

목도리 끝에 달린 모자를 쓰고 들여다본 거울 속의 나는 꼬마 도깨비 같았다. 더구나 친구들이 두르고 있는 목도리 색깔과 너무 달랐기 때문에 나는 끔찍이 싫어했다. 간사이 關西 지역의 고액 납세자 집안의 친구가 "목도리가 멋진데?" 하고 어른스러운 말투로 칭찬해주었지만, 나는 더더욱 창피해져서 그 후로는 한 번도 그 목도리를 두르지 않았고 오랫동안 방치해두었다.

그러다가 올봄에 사장된 물건의 부활이라는 의미에서 실을 풀어 내 스웨터를 뜰 생각으로 일단 시작해보았다. 하지만 아무래도 이 흐릿한 빛깔이 마음에 들지 않아서 다시 팽개쳐두었다가 오늘 그저 심심풀이로 불쑥 꺼내 느릿느릿 떠본 것이다.

그런데 뜨개질하는 동안 나는 이 옅은 자홍색 털실과 잿빛 하늘이 하나로 어우러져 뭐라 형언할 수 없을 만큼 부드럽고 은은한 색조를 자아내고 있음을 깨달았다. 나는 미처 몰랐다. 옷은 하늘빛과의 조화를 생각해야 한다는 중요한 사실을.

조화란 얼마나 아름답고 멋진가! 나는 적이 놀라며 아연해졌다. 잿빛 하늘과 옅은 자홍색 털실, 이 두 가지가 한데 어울리니 둘 다 동시에 생기를 띠는 게 신기하다. 손에 쥔 털실이 갑자기 포근해지고 차가운 잿빛 하늘도 벨벳처럼 부드럽게 느껴진다. 모네(클로드 모네Claude Monet, 1840~1926. 프랑스의 인상주의 화가―옮긴이)가 그린 〈안개에 싸인 사원〉이 떠오른다. 나는 이 털실 색깔로 인해 비로소 구goût(프랑스어로 취향, 안목이라는 뜻―옮긴이)를 알게 된 것 같다.

고상한 취향. 어머니는 눈 내리는 겨울 하늘에 이 옅은 자홍색이 얼마나 아름다운 조화를 이루는지 분명히 알고 일부러 골라주었건만 멍청한 나는 마뜩잖아 했다. 그런데도 어린 내게 억지로 강요하지도 않고 내가 좋을 대로 하게 해준 어머니. 내가 이 색깔의 아름다움을 제대로 알게 될 때까지 20여 년간 이 색깔에 대해 한마디 설명도 없이 묵묵히 시치미를 떼고 기다린 어머니. 훌륭한 어머니라고 절실히 느끼는 동시에 이렇듯 훌륭한 어머니를 나오지와 내가 괴롭히며 힘들게 한 탓에 쇠약해져서 곧 돌아가시지나 않을까 싶어 견딜 수 없는 공포와 근심의 구름이 홀연히 가슴속에 피어올랐다.

이런저런 생각을 떠올리면 떠올릴수록 앞날에 너무나 무섭고 나쁜 일들만 있으리라 예상되면서 이제 도저히 살아갈 수 없을 정도로 불안해지고 손끝의 힘도 빠져나갔다. 뜨개바늘을 무릎에 놓으며 크게 한숨을 쉬고는 고개를 들고 눈을 감은 채 무심코 불렀다.

"어머니!"

어머니는 방 한쪽 구석의 책상에 기대 책을 읽다가 의아한 표정으로 대답했다.

"응?"

나는 당황해서 일부러 더 큰 소리로 말했다.

"드디어 장미꽃이 피었어요. 어머닌 아셨어요? 전 방금 알았어요. 드디어 피었네요."

툇마루 바로 앞에 있는 장미. 그건 와다 외삼촌이 오래전, 프랑스인지 영국인지 잊어버렸지만 어쨌든 먼 타국에서 가져온 장미인데 두세 달 전에 외삼촌이 이 산장 마당에 옮겨 심었다. 오늘 아침 마침내 장미꽃 하나가 핀 것을 나는 뻔히 알고 있었지만, 멋쩍음을 얼버무리려고 방금 발견한 양 호들갑을 떨어 보인 것이다. 짙은 자줏빛 꽃은 의연한 오만과 강인함을 지니고 있었다.

"알고 있었어."

어머니는 조용히 말했다.

"너한테는 그게 무척 중요한가 보구나."

"그럴지도 모르죠. 불쌍한가요?"

"아니, 너한테는 그런 구석이 있다고 말했을 뿐이야. 부엌

성냥갑에 르누아르 그림을 붙이거나 인형에게 줄 손수건을 만드는 걸 좋아하잖니. 더구나 마당의 장미꽃만 해도 네 말을 듣고 있으면 살아 있는 사람의 이야기를 하는 것 같아."

"아이가 없어서 그래요."

나에게도 전혀 예상하지 못한 말이 튀어나왔다. 입 밖에 내고는 움찔 놀라며 머쓱해져서 무릎 위의 뜨다 만 스웨터를 만지작거리는데 "스물아홉이니 말이야."라고 말하는 남자의 목소리가 전화 음성처럼 은근한 저음으로 똑똑히 들린 것 같아 나는 부끄러워서 뺨이 화끈 달아오를 정도로 뜨거워졌다.

어머니는 아무 말도 하지 않고 다시 책을 읽으신다. 어머니는 얼마 전부터 거즈 마스크를 하고 있는데 그래서인지 요즘 눈에 띄게 말수가 줄었다. 그 마스크는 나오지의 말을 그대로 따른 것이다. 나오지는 열흘 전쯤, 동남아시아의 섬에서 푸르뎅뎅한 낯빛으로 돌아왔다.

아무 예고도 없이 여름날 해 질 녘, 뒷문으로 마당에 들어와서는 첫마디로 대뜸 이렇게 말했다.

"우와, 정말 심하다. 취향이 너무 구리잖아? 문 앞에 아예 '라이라이켄来々軒, 딤섬 있습니다.'라고 써 붙이지 그래?"

그 이삼일 전부터 어머니는 혀가 아파 누워 계셨다. 겉보

기엔 아무렇지 않은데 움직이면 혀끝이 너무 아프다며 식사도 묽은 죽만 드셨다. 의사 선생님한테 가보시라 해도 고개를 저으며 웃음거리만 될 뿐이라고 쓴웃음을 짓는다. 루골액(인두염 약)을 발라드렸지만 전혀 듣지 않아 나는 왠지 초조해졌다.

그러던 참에 나오지가 귀환했다.

나오지는 어머니의 머리맡에 앉아 "다녀왔습니다."라고 인사하고는 곧장 일어나서 좁은 집 안을 여기저기 둘러보았다. 내가 그 뒤를 따라 걸으며 물었다.

"어때? 어머니가 좀 변했지?"

"변했지, 변했어. 너무 야위었어. 빨리 돌아가시는 게 나아. 이런 세상에서 어머니는 도저히 살지 못해. 너무 비참해서 못 보겠어."

"난?"

"천박해졌어. 사내가 두셋은 있어 보이는 낯짝인걸. 술 있어? 오늘 밤엔 좀 마셔야겠어."

나는 이 마을에서 단 한 곳뿐인 여관에 가서 여주인인 오사키 씨에게 동생이 돌아와서 술을 좀 얻고 싶다고 부탁했지만, 오사키 씨가 술이 마침 다 떨어졌다고 하기에 집으로 돌아와 나오지에게 그렇게 전했다.

나오지는 생판 모르는 타인 같은 표정으로 쳇, 흥정이 서투르니까 그렇지, 하더니 나에게 여관 위치를 묻고는 게타下駄(나막신)를 꿰어 신고 밖으로 뛰쳐나갔다. 그리고 나서는 아무리 기다려도 집에 돌아오지 않았다. 내가 나오지가 좋아하는 구운 사과와 달걀 요리를 만들고 식당의 전구도 밝은 것으로 갈아 끼우고 한참을 기다리고 있는데, 오사키 씨가 부엌문으로 불쑥 얼굴을 내밀고 말했다.

"저어, 괜찮을까요? 소주를 마시고 있는데."

잉어 눈알처럼 동그란 눈을 한층 부릅뜨고 큰일 났다는 듯 작은 목소리로 말했다.

"소주라면 그 메틸(메틸알코올. 전후 일본에서 물자 부족으로 술 대용으로 마셨다—옮긴이)?"

"아니요, 메틸은 아니지만."

"마셔도 탈이 나진 않겠죠?"

"네, 그래도……."

"마시게 두세요."

오사키 씨는 침을 삼키듯 고개를 끄덕이고 돌아갔다.

나는 어머니에게로 가서 말씀드렸다.

"오사키 씨 집에서 마시고 있대요."

어머니는 입술을 약간 일그러뜨리고 웃으며 대답했다.

"그래. 아편은 *끊었을까*? 넌 어서 식사하렴. 그리고 오늘 밤엔 셋이 같이 이 방에서 자자. 나오지의 이불을 한가운데 깔고."

나는 울고 싶어졌다.

밤이 깊어서 나오지는 거친 발소리를 내며 돌아왔다. 우리 셋은 모기장 하나에 들어가 누웠다.

"섬에 있었던 얘기를 어머니께 들려드리지?"

내가 누운 채 말했다.

"아무것도, 아무것도 없어. 다 잊었는걸. 일본에 도착해서 기차를 탔고, 차창 밖으로 보이는 논이 멋지고 예뻤어. 그뿐이야. 전등 좀 꺼. 잠을 잘 수가 없잖아."

나는 전등을 껐다. 여름 달빛이 홍수처럼 모기장 안에 흘러넘쳤다.

다음 날 아침, 나오지는 이부자리에 엎드린 채 담배를 피우며 멀리 바다를 바라보다가 불쑥 물었다.

"혀가 아프다고요?"

어머니가 편찮으신 걸 그제야 알게 되었다는 투였다.

어머니는 그저 희미하게 웃으셨다.

"그건 틀림없이 심리적인 거예요. 밤에 입을 벌리고 주무시죠? 칠칠치 못하게. 마스크를 하세요. 거즈에 리바놀액(노란색의 살균 소독약―옮긴이)을 묻혀서 마스크 안에 넣고요."

나는 이 말에 웃음을 터뜨렸다.

"그건 무슨 요법이니?"

"미학美學 요법이라는 거야."

"하지만 어머닌 마스크를 쓰는 걸 분명 싫어하셔."

어머니는 마스크뿐만 아니라 안대건 안경이건 얼굴에 무언가를 걸치는 걸 몹시 싫어하셨다.

"어머니, 마스크 하실래요?"

내가 여쭈었더니 낮은 목소리로 진지하게 대답하셨다.

"할래."

나는 깜짝 놀랐다. 나오지의 말이라면 그게 뭐든 믿고 따를 작정인가 보다.

내가 아침 식사 후에 아까 나오지가 말한 대로 거즈에 리바놀액을 묻힌 마스크를 만들어서 어머니에게 가져가자 어머니는 말없이 받아들고 누운 채 마스크 끈을 양쪽 귀에 순순히 걸었다. 그 모습이 정말로 이제는 앳된 소녀 같아서 나는 슬펐다.

점심때가 지나 나오지는 도쿄의 친구들과 문학 쪽 스승들을 만나야 한다며 양복으로 갈아입고 어머니에게 2000엔을 받아서 도쿄로 가버렸다. 그러고는 벌써 열흘 가까이 지나도록 돌아오지 않았다. 어머니는 매일 마스크를 하고 나오지를 기다리셨다.

"리바놀이 좋은 약인가 보구나. 이 마스크를 하고 있으면 혀의 통증이 가시니 말이다."

웃으며 말씀하셨지만 나는 어머니가 거짓말을 하고 있다는 생각을 지울 수 없었다. 이젠 괜찮다고 지금은 자리에서 일어나 계시지만 여전히 식욕은 별로 없는 듯했고, 말수도 부쩍 줄어들어 몹시 신경이 쓰였다. 나오지는 대체 도쿄에서 무얼 하고 있을까? 소설가 우에하라 씨와 함께 도쿄 시내를 휘젓고 돌아다니며 도쿄의 광기 어린 소용돌이에 휘말려 있을 것이 틀림없어, 하고 생각하면 생각할수록 괴롭고 힘들어져서 어머니에게 뜬금없이 장미가 어떻다느니 이야기를 꺼냈다가 아이가 없어서 그렇다며 나조차 생각지도 못한 엉뚱한 말이 튀어나와 급기야 걷잡을 수 없게 되어버렸다.

"아아."

일어섰지만 아무 데도 갈 곳이 없고, 내 몸 하나마저 버거워 휘청휘청 계단을 올라가 2층 방으로 들어가 보았다.

이곳은 이번에 나오지를 위해 준비한 방이다. 사오일 전에 어머니와 상의해서 아랫집 나카이 씨의 손을 빌려, 나오지의 옷장이며 책상, 책장 그리고 장서와 공책이 가득 든 나무 상자 대여섯 개, 아무튼 옛날 니시카타초의 집에서 나오지의 방에 있던 물건을 고스란히 이곳으로 옮겨 와 조만간 나오지가 도쿄에서 돌아오면 나오지가 원하는 위치에 옷장 등을 각각 배치하기로 했다. 그때까지는 좀 어지러운 대로 여기에 그냥 두는 게 낫겠다 싶었는데, 이젠 발 디딜 틈이 없을 정도로 방이 잔뜩 어질러져 있었다.

나는 무심코 발치의 나무 상자에서 나오지의 공책 한 권을 집어 들었다. 공책 표지에는 '박꽃 일기'라고 쓰여 있었고, 그 속에는 다음과 같은 내용이 빼곡하니 어지럽게 쓰여 있었다. 나오지가 마약 중독으로 괴로워하던 시절의 수기 같았다.

불에 타 죽는 고통. 괴로워도 괴롭다고 일언반구 외칠 수 없는 고래古來의 미증유. 인간 세상이 생긴 이래 전례도 없고 바닥도 알 수 없는 지옥의 조짐을 속이지 마시라.

사상? 거짓말. 주의主義? 거짓말. 이상理想? 거짓말. 질서? 거짓말. 성실? 진리? 순수? 다 거짓말. 우시지마牛島의 등나무(사이타마 현埼玉縣 우시지마에 있는 천연기념물―옮긴이)는 수령 천 년. 유아노野의 등나무는 수백 년이라 하고, 그 꽃술 또한 전자가 최장 아홉 자, 후자가 다섯 자 남짓이라는데 그저 그 꽃술에만 마음이 설렌다.

그것도 사람의 자식. 살아 있다.

논리는 결국 논리에 대한 사랑이다. 살아 있는 인간에 대한 사랑이 아니다.

돈과 여자. 논리는 수줍어하며 허둥지둥 사라진다.

역사, 철학, 교육, 종교, 법률, 정치, 경제, 사회, 이런 학문 따위보다 한 처녀의 미소가 숭고하다는 파우스트 박사의 용감한 실증.

학문이란 허영의 또 다른 이름. 인간이 인간답지 않으려는 노력이다.

괴테에게조차 맹세할 수 있다. 나는 얼마든지 멋지게 쓸 수 있다. 한 편의 구성은 실수가 없고, 적당한 유머와 독자의 눈시울이 뜨거워지는 비애 혹은 숙연함, 이른바 옷깃을 여미게 하는 완벽한 소설, 낭랑한 목소리로 읽으니 이거야말로 영화의 내레이션인가, 창피해서 쓸 수가 있나. 애당초 그런 걸작 의식이 칙살맞은 거야. 소설을 읽고 옷깃을 여미다니, 미친 짓거리지. 그럴거면 차라리 일본 전통복으로 입어야지. 뛰어난 작품일수록 거들먹거리지 않는 법.

나는 친구가 진심으로 즐겁게 웃는 모습을 보고 싶어서 한 편의 소설을 일부러 괴발개발 써놓고 엉덩방아를 찧고 머리를 긁적이며 달아난다. 아아, 그때 친구의 즐거워하는 표정이란!

글솜씨 형편없고 덜떨어진 꼬락서니, 장난감 나팔 불고 말하노니, 여기 일본 최고의 바보가 있습니다. 당신은 아직 멀쩡한 편이지요, 건재하시라! 이렇게 바라는 애정은 대체 무엇인가.

친구는 의기양양한 얼굴로, 그게 그 녀석의 나쁜 버릇이지, 아깝게 됐어, 하고 술회. 사랑받고 있는 걸 모른다.

불량하지 않은 인간이 있을까?

촌스러운 생각.

돈이 필요해.

그렇지 않으면,

잠든 채 자연사自然死!

약방에 1000엔 가까운 빚이 있다. 오늘 전당포 주인을 몰래 집으로 데려와 내 방을 보여주며 뭔가 이 방에서 돈 될 만한 물건이 있거든 가져가시오, 급하게 돈이 필요하다 했더니 주인은 제대로 방을 둘러보지도 않고 그만해요, 당신 물건도 아니잖아, 라고 하기에 좋아, 그렇다면 지금까지 내 용돈으로 산 물건만 가져가라고 기세 좋게 말하고 그러모은 잡동사니를 보니 전당포에 맡길 만한 물건이 하나도 없다.

우선 한쪽 팔 석고상. 이건 비너스의 오른손. 달리아 꽃을 닮은 손. 새하얀 손이 덩그러니 받침대 위에 놓여 있다. 하지만 유심히 보면 이건 비너스가 알몸을 남자에게 들켜 어머나 깜짝 놀라며 수치심에 휩싸여 온몸이 남김없이 붉게 물들고 화끈 달아올라 몸을 비틀 때의 바로 그 손놀림이다. 그런 비너스의 숨이 멎을 것 같은 알몸의 수치가 손가락에 지문도 없고 손바닥에 한 줄 손금도 없는 순백의 이 가냘픈 오른손에 가슴 아프게 애처로이 새겨져 있음을 알 수 있다. 그러나 이건 결국 쓸모없는 잡동사니. 전당포 주인은 50전으로 값을 매겼다.

그 밖에 파리 근교의 대형 지도, 지름이 한 자나 되는 셀룰로이드 팽이, 실보다 가는 글씨를 쓸 수 있는 특제 펜촉. 하나같이 우연히 구입한 진귀한 물건들인데 전당포 주인은 웃으며 그만 가보겠다고 한다. 잠깐만요, 만류하며 결국은 또 책을 산더미만큼 주인에게 넘기고 일금 5엔을 받는다. 내 책장의 책은 대부분 싸구려 문고본이고 더구나 중고 서점에서 산 것들뿐이라 당연히 전당품 값도 이처럼 싸다.

1000엔 빚을 갚으려고 했건만 겨우 5엔. 세상에서의 내 능력이란 얼추 이 정도. 웃을 일이 아니다.

데카당décadent(퇴폐적이라는 뜻의 프랑스어. 19세기 후반 프랑스 문학의 탐미적이고 향락적인 경향을 지칭한다—옮긴이)? 하지만 이렇게라도 하지 않으면 살아갈 수가 없는걸. 그런 말로 나를 비난하는 사람보다는 "죽어버려!"라고 말해주는 사람이 더 고맙다. 산뜻하다. 하지만 사람들은 좀처럼 "죽어버려!"라고 말하지 않는다. 쩨쩨하고 용의주도한 위선자들이여!

정의? 소위 계급 투쟁의 본질은 그런 데에 있지 않다. 인류? 농담이 아니야. 난 알아. 자신의 행복을 위해 상대를 쓰러뜨리는 거지. 죽이는 거야. "죽어버려!"라는 선고가 아니라면 뭐지? 얼버무리면 안 돼!

그러나 우리 계급에도 제대로 된 놈이 없어. 백치, 유령, 수전노, 미친개, 허풍쟁이, 감사하옵니다, 구름 위에서 오줌.

"죽어버려!"라는 말조차 아깝다.

전쟁. 일본의 전쟁은 자포자기다.

자포자기에 휩쓸려 죽는 건 싫어. 차라리 혼자 죽고 싶어.

인간은 거짓말할 때 으레 진지한 표정을 짓기 마련이다. 요즘 지도자들, 그 진지함이란. 풉!

남한테 존경받을 생각이 없는 사람들과 놀고 싶다.

하지만 그런 훌륭한 사람들은 나와 놀아주지 않는다.

내가 조숙한 척하면 사람들은 나를 조숙하다고 수군거렸다. 내가 게으름뱅이인 척하면 사람들은 나를 게으름뱅이라고 수군거렸다. 내가 소설을 못 쓰는 척하면 사람들은 나를 글솜씨가 없다고 수군거렸다. 내가 거짓말쟁이인 척하면 사람들은 나를 거짓말쟁이라고 수군거렸다. 내가 부자인 척하면 사람들은 나를 부자라고 수군거렸다. 내가 냉담한 척하면 사람들은 나를 냉담한 녀석이라고 수군거렸다. 하지만 내가 정말로 괴로워서 나도 모르게 앓는 소리를 냈을 때, 사람들은 나를 괴로운 척한다고 수군거렸다.

뭘 하든 어긋난다.

결국 자살하는 수밖에 도리가 없지 않은가.

이렇게 괴로워한들 그저 자살로 끝날 뿐이라는 생각에 소리 내어 엉엉 울고 말았다.

봄날 아침, 두세 송이의 꽃망울이 벌어진 매화 가지에 아침 햇살이 비치고 그 나뭇가지에 하이델베르크의 젊은 학생이 목을 매어 축 늘어진 채 숨져 있었다고 한다.

"어머니! 저를 꾸짖어주세요!"

"어떻게?"

"'겁쟁이!'라고."

"그래? 겁쟁이……. 이제 됐지?"

어머니는 비할 데 없이 좋은 분이다. 어머니를 생각하면
울고 싶어진다. 어머니에게 사죄하기 위해서라도 죽는 거다.

용서해주세요. 지금, 딱 한 번만 용서해주세요.

해마다

눈이 먼 채

새끼 학은

쑥쑥 자라네

아아, 포동포동하구나

(설날에 지음)

모르핀 아트로몰 나르코폰 판토폰 파비날 판오핀 아트로핀

※마약 종류를 나열한 것─옮긴이.

프라이드란 뭐지? 프라이드란?

인간은, 아니 남자는 '난 훌륭해.' '내겐 멋진 구석이 있어.' 라는 생각을 하지 않고는 살아갈 수 없는 걸까?

사람을 싫어하고, 사람들도 나를 싫어한다.

지혜 겨루기.

엄숙=멍청함

어쨌든 말이야, 살아 있으니 사기를 치는 게 틀림없어.

어떤 금전 대출 요구 편지.

"답장을.

답장을 주세요.

그리고 그것이 꼭 좋은 소식이기를.

나는 온갖 굴욕을 각오하고 혼자 신음하고 있습니다.

연극을 하는 게 아닙니다. 절대 아닙니다.

부탁드립니다.

나는 수치심에 죽을 것 같습니다.

과장이 아닙니다.

매일매일 답장을 기다리며, 낮이건 밤이건 부들부들 떨고 있습니다.

나를 모래판에 메다꽂지 마세요.

벽 틈새로 킥킥대는 웃음소리가 들려와 밤새 방 안에서 뒤척입니다.

치욕을 당하지 않게 해줘.

누나!"

여기까지 읽은 나는 '박꽃 일기'를 덮고 나무 상자에 다시 넣어두었다. 그리고 창 쪽으로 다가가 창문을 활짝 열어젖히고 안개비로 자욱한 마당을 내려다보며 그 무렵의 일을 떠올렸다.

어느덧 그로부터 6년이 흘렀다. 나오지의 마약 중독이 내 이혼의 원인이 되었다. 아니, 그렇게 말해서는 안 된다. 내 이혼은 나오지의 마약 중독이 아니었어도 다른 어떤 계기로든 언젠가 벌어질 일처럼 그렇게, 내가 태어났을 때부터 미리 정해진 일인 듯 여겨진다.

나오지는 약방에 갚아야 할 돈이 궁하면 종종 내게 돈을 달라고 졸랐다. 나는 야마키와 결혼한 지 얼마 안 된 터라 돈을 마음대로 쓸 처지가 못 되었고 또 시댁의 돈을 친정 동생에게 몰래 융통해주는 건 몹시 켕기는 일이었다. 그래서 친정에서 일하다 나를 도와주러 따라온 오세키 할멈과 상의해서 내 팔찌며 목걸이, 드레스를 팔아 돈을 마련했다.

동생은 내게 돈을 달라는 편지를 보냈다. 지금은 괴롭고 부끄러워서 누나의 얼굴을 볼 수도 없고, 또 전화로 말할 수도 없으니, 돈은 오세키 할멈을 시켜서 교바시京橋의 X가 X번지 가야노 아파트에 사는 누나도 이름 정도는 알고 있을 소설가 우에하라 지로 씨 댁에 맡겨줘. 우에하라 씨는 나쁜 사람으로 평판이 나 있지만 결코 그런 사람이 아니니 안심하고 우에하라 씨에게 돈을 맡겨줘. 그러면 우에하라 씨가 곧장 내게 전화로 알려줄 테니까 꼭 그렇게 해줘. 나는 이번 중독을 엄마한테만은 들키고 싶지 않아. 엄마가 알아채기 전에 어떻게든 이 중독을 치료할 작정이야. 나는 이번에 누나의 돈을 받으면 그걸로 약방 빚을 모두 갚고 나서 시오바라塩原에 있는 별장에 가서 건강해진 몸으로 돌아올 작정이야. 정말이야. 약방의 빚을 전부 갚으면 이제 난 그날부터 마약은 딱 끊을 작정이야. 하느님께 맹세해. 믿어줘. 어머니에겐 비밀로 하고 오세키 할멈을 시켜 가야노 아파트의 우에하라 씨에게 가져다주라고 부탁해줘.

이런 내용이 그 편지에 쓰여 있었다. 나는 그 지시대로 오세키 할멈을 시켜 돈을 몰래 우에하라 씨의 아파트에 갖다 주게 했다. 하지만 동생이 편지에서 한 맹세는 언제나 거짓 말이라 시오바라 별장에는 가지도 않았고 약물 중독은 갈수록 더 심해질 뿐이었다. 돈을 달라고 조르는 편지의 문장도 비명에 가까운 고통스러운 모습이었고, 이번에야말로 약을 끊겠다고 고개를 돌리고 싶을 정도로 애절하게 맹세하기에, 이번에도 거짓말일지 모른다고 생각하면서도 결국은 또 오세키 할멈을 시켜 브로치 따위를 판 돈을 우에하라 씨의 아파트에 갖다주게 했다.

"우에하라 씨는 어떤 분이죠?"

"몸집이 작고 안색도 칙칙하고 무뚝뚝한 사람이더군요."

오세키 할멈이 대답했다.

"그런데 아파트에 계실 때가 거의 없어요. 대개 부인과 예 닐곱 살짜리 딸아이, 이렇게 둘만 있을 뿐이죠. 부인은 그다지 미인은 아니지만 상냥하고 훌륭한 분인 것 같더군요. 그 부인에겐 안심하고 돈을 맡길 수 있겠더라고요."

그 무렵의 나는 지금의 나에 비해, 아니, 아예 비교조차 안 될 만큼 완전히 딴사람처럼 멍청하고 태평한 사람이었지만 그래도 나오지가 끝임없이 계속, 더구나 차츰 거액의 돈을 졸라대는 통에 하도 걱정이 되어 어느 날 노能(시가와 춤을 동반

하는 연극으로 탈을 쓰고 연기하는 것이 많다―옮긴이)를 구경하고 돌아오는 길에 긴자에서 차를 돌려보내고 혼자 걸어서 교바시의 가야노 아파트를 찾아갔다.

우에하라 씨는 방에서 혼자 신문을 읽고 있었다. 줄무늬 겹옷에 감색 하오리羽織(일본 옷의 위에 입는 짧은 겉옷―옮긴이)를 걸쳤는데 늙은이 같기도 하고 젊은이 같기도 하고 여태껏 본 적 없는 짐승 같기도 한 묘한 첫인상이었다.

"집사람은 지금, 아이와, 함께, 배급을 받으러……."

비음이 섞인 목소리로 띄엄띄엄 말했다. 나를 부인의 친구쯤으로 오해한 것 같았다. 내가 나오지의 누나라고 하자, 우에하라 씨는 흥흥 웃었다. 나는 왠지 오싹했다.

"나갈까요?"

말이 끝나기가 무섭게 어느새 외투를 걸치고 신발장에서 새 게타를 꺼내 신고는 선뜻 아파트 복도를 앞장서서 걸었다.

밖은 초겨울 해거름, 바람이 차가웠다. 스미다가와隅田川에서 불어오는 강바람처럼 느껴졌다. 우에하라 씨는 강바람을 기스르듯 오른쪽 어깨를 약간 세우고 쓰키지築地 쪽으로 말없이 걸어갔다. 나는 종종걸음을 치며 그 뒤를 따랐다.

도쿄 극장 뒤편에 있는 건물의 지하로 들어갔다. 네댓 무리의 손님이 길쭉한 방에서 제각기 탁자에 둘러앉아 조용히 술을 마시고 있었다.

우에하라 씨는 컵으로 술을 마셨다. 그리고 내게도 따로 컵을 갖다주며 술을 권했다. 나는 그 컵으로 두 잔을 마셨는데 아무렇지도 않았다.

우에하라 씨는 술을 마시고 담배를 피우며 한참 동안 말이 없었다. 나도 잠자코 있었다. 나는 이런 데 와본 것이 난생처음이었지만 아주 편안하고 기분이 좋았다.

"술이라도 마시면 좋을 텐데."

"네?"

"아니, 동생 말입니다. 알코올로 바꾸는 게 좋아요. 나도 예전에 마약 중독이었던 적이 있는데 사람들이 꺼림칙하게 여겨요. 알코올도 다르지 않지만 알코올에는 사람들이 의외로 너그럽지요. 동생을 술꾼으로 만들자고요. 어때요?"

"술꾼을 한 번 본 적이 있어요. 설날에 외출하려는데 우리 집 운전기사의 지인이 자동차 조수석에서 도깨비처럼 새빨간 얼굴로 드르렁드르렁 코를 골며 자고 있었어요. 제가 깜짝 놀라서 소리쳤더니, 운전기사가 이 녀석은 못 말리는 술꾼이라며 자동차에서 끌어내려 어깨에 메고 어딘가로 데려갔어요. 뼈가 없는 듯 흐물흐물, 그래도 뭔가 중얼거렸는데 그때 전 처음으로 술꾼을 봤고, 재미있었어요."

"나도 술꾼입니다."

"어머, 그럴 리가요?"

"당신도 술꾼입니다."

"그렇지 않아요. 전 술꾼을 본 적이 있는걸요. 전혀 아니에요."

우에하라 씨는 그제야 즐거운 듯 웃으며 말했다.

"그렇다면 동생도 술꾼이 될 수 없을지는 몰라도 아무튼 술을 마시는 사람이 되는 게 좋아요. 돌아갑시다. 늦으면 곤란하잖아요?"

"아뇨, 괜찮아요."

"아니, 실은 내가 거북해서 안 되겠어. 아주머니, 계산!"

"많이 비싼가요? 저도 조금은 낼 수 있는데."

"그래요? 그럼 계산은 당신이."

"모자랄지도 몰라요."

나는 가방 안을 들여다보고 돈이 얼마 있는지를 우에하라 씨에게 말했다.

"그만큼이면 두세 집은 더 돌며 마실 수 있어요. 누굴 놀리시나?"

우에하라 씨는 낯을 찌푸리며 말하고 웃었다.

"어디로 또 마시러 가시게요?"

내가 물으니 그는 진지하게 고개를 저었다.

"아니, 이제 충분해요. 택시를 잡아줄 테니 돌아가요."

우리는 지하의 어두운 계단을 올라갔다. 한발 앞서 올라가던 우에하라 씨가 계단 중간쯤에서 몸을 획 돌려 느닷없이 내게 키스했다. 나는 입술을 앙다문 채 그것을 받았다.

특별히 우에하라 씨를 좋아한 것도 아닌데 그때부터 내겐 '비밀'이 생기고 말았다. 쿵쾅 소리를 내며 우에하라 씨가 계단을 뛰어 올라갔고, 나는 이상하게 투명해진 기분으로 천천히 올라가 밖으로 나왔다. 뺨을 스치는 강바람이 무척 기분 좋았다.

우에하라 씨가 택시를 잡아주었고, 우리는 말없이 헤어졌다.

흔들리는 차 안에서 나는 갑자기 세상이 바다처럼 넓어진 것 같은 기분을 느꼈다.

"나에겐 애인이 있어요."

어느 날 나는 남편의 잔소리를 듣고 쓸쓸해져서 불쑥 이렇게 말했다.

"알아. 호소다 아냐? 도저히 단념이 안 돼?"

나는 아무 말도 하지 않았다.

이 문제는 뭔가 껄끄러운 일이 생길 때마다 우리 부부 사이에 끼어들었다. 이젠 틀렸다고 나는 생각했다. 드레스 옷감을 잘못 재단했을 때처럼 더는 그 옷감을 꿰매어 붙일 수도 없어 전부 내버리고 다시 새 옷감으로 마름질해야 한다.

"설마, 그 뱃속의 아이가……."

어느 날 밤 남편이 말했을 때 나는 기가 막혀서 부들부들 떨었다. 지금 생각하면 나도 남편도 어렸다. 나는 연애도 몰랐다. 사랑조차 알지 못했다.

나는 호소다 씨가 그리는 그림에 푹 빠져 그런 분의 부인이 되었다면 삶이 얼마나 아름다울까, 저렇게 멋진 취미를 가진 분과 결혼할 수 없다면 결혼 따윈 무의미하다고 사람들에게 말하고 다닌 탓에 오해를 샀다. 그런데도 나는 연애도 사랑도 모른 채 태연히 호소다 씨를 좋아한다는 말을 공공연히 하고 취소하지도 않아 일이 이상하게 꼬였는데, 그무렵 내 뱃속에 잠들어 있던 아기까지 남편의 의혹의 표적이 되고, 어느 누구도 대놓고 이혼을 입 밖에 낸 사람은 없었지만 어느새 주변이 서먹서먹해지고 말았다.

나는 시중 들던 오세키 할멈과 함께 친정어머니 집으로 돌아왔다. 그 후 나는 아이를 사산했고 몸져누웠다. 야마키와의 관계는 그렇게 끝났다.

나오지는 내가 이혼한 데에 책임감 같은 걸 느꼈는지, 죽어버릴 거라며 얼굴이 찌그러지도록 꺽꺽 소리 내어 울었다. 나는 동생에게 약방의 빚이 얼마나 되는지 물어보았는데 정말이지 어마어마한 액수였다. 그마저도 동생이 실제 금액을 말하기 어려워 거짓말했다는 걸 뒤늦게 알았다. 나중에 밝혀진 실제 총액은 그때 동생이 내게 알려준 금액의 세 배에 가까웠다.

"나, 우에하라 씨를 만났어. 좋은 분이더구나. 앞으로 우에하라 씨와 함께 술이나 마시고 노는 건 어때? 술은 꽤 싸잖아? 술값 정도라면 내가 언제든지 대줄 수 있어. 약방의 빚도 걱정 마. 어떻게 되겠지."

내가 우에하라 씨를 만나고 또 우에하라 씨가 좋은 분이라고 말한 게 동생을 무척 기쁘게 한 모양이다. 동생은 그날 밤, 내게서 돈을 받아들기가 무섭게 우에하라 씨에게 놀러 갔다.

중독은 그야말로 정신적인 병인지도 모른다. 내가 우에하라 씨를 칭찬하고 동생한테 우에하라 씨의 저서를 빌려 읽고 나서 훌륭한 분이구나, 하고 말하자 동생은 누나가 알 턱이 있나, 하면서도 무척 기쁜 듯, 그럼 이걸 한번 읽어봐, 라며 또 다른 우에하라 씨의 저서를 내게 권했다. 그러다가 나도 우에하라 씨의 소설을 본격적으로 읽게 되었고, 둘이서 우에하라 씨에 대한 이런저런 이야기를 나눴다.

동생은 거의 매일 밤 우쭐대며 우에하라 씨에게 놀러갔

고, 차츰 우에하라 씨의 계획대로 마약 대신 술로 바뀌어 가는 것 같았다.

약방의 빚에 대해 내가 어머니에게 슬쩍 말씀드리자 어머니는 한쪽 손으로 얼굴을 가린 채 잠시 꼼짝도 하지 않다가 이윽고 얼굴을 들고 쓸쓸히 웃으며 걱정해봐야 무슨 소용이겠니, 몇 년이 걸릴지 알 수 없지만 다달이 조금씩이라도 갚아 나가야지, 라고 하셨다.

그로부터 벌써 6년이 흘렀다.

박꽃. 아아, 동생도 괴로울 것이다. 더구나 길이 막혀 무얼 어떻게 해야 할지 아직 전혀 모를 것이다. 그저 매일 죽을 작정으로 술을 마시는 것이리라.

차라리 큰맘 먹고 본격적으로 불량해지는 건 어떨까? 그러면 동생도 오히려 마음이 편하지 않을까?

'불량하지 않은 인간이 있을까?'라고 그 공책에 쓰여 있었는데, 그러고 보면 나도 불량, 외삼촌도 불량, 어머니조차 불량하게 여겨진다. 불량하다는 건 온순하다는 뜻이 아닐까?

4

편지를 쓸지 말지, 무척 망설였습니다. 하지만 오늘 아침 "비둘기처럼 순결하게, 뱀처럼 지혜롭게."〈〈마태복음〉 10장 16절〉라는 예수님의 말씀을 불현듯 떠올리고는 희한하게도 힘이 나서 편지를 보내기로 했습니다. 나오지의 누나예요. 잊으셨겠죠? 잊으셨다면 기억을 되살려보세요.

　나오지가 일전에 선생님을 또 찾아가서는 몹시 폐를 끼친 것 같아 송구합니다. (사실 나오지 일은 나오지가 알아서 할 일, 제가 나서서 사죄를 드리는 건 난센스 같기도 합니다.) 오늘은 나오지의 일이 아니라 제 일로 부탁드릴 게 있습니다. 교바시의 아파트에 불이 나서 지금의 주소로 옮기셨다는 이야기를 나오지한테 듣고 웬만하면 도쿄 교외에 있는 댁으로 찾아뵐까 생각했습니다만, 얼마 전부터 어머니의 건강이 다시 안 좋아져서 아무래도 어머니를 혼자 남겨둔 채 상경할 수 없기에 편지로 말씀드립니다.

　당신에게 의논드리고 싶은 게 있습니다.

　저의 이 의논은 지금까지의 《여대학女大學》(일본 에도 시대에 여성들의 교육을 위해 만들어진 여성을 위한 교훈서. 유교 사상을 바탕으로 여성을 시집과 남편에게 종속시키기 위한 내용을 담고 있다—옮긴이)에서 강조한 내용에서 보면 너무나 교활하고 역겨워서 악질 범죄가 될 수도 있겠지만, 그래도 저는, 아니 우리는 지금 이대로는 도저히 살아갈 수 없을 것 같아 동생 나오지가 세상에서 가장 존경하는 당신에게 저의 솔직한 심정을 말씀드리고 조언을 구하고자 합니다.

　저는 지금의 생활을 견딜 수 없습니다. 좋고 싫고를 떠나 도저히 이대로는 우리 세 식구가 살아갈 수 없습니다.

　어제도 괴로움에 시달리며 몸에 열이 나고 숨이 막혀서 제 몸 가누기도 버거운데, 점심때가 조금 지나 아랫집 농가의 따님이 빗속에 쌀을 짊어지고 왔습니다. 그리고 저는 약속대로 옷을 내주었습니다. 그녀는 식당에서 저와 마주 앉아 차를 마시며 지극히 현실적인 말투로 말했습니다.

　"이보세요, 물건을 팔아서 앞으로 얼마나 더 생활할 수 있겠어요?"

　"6개월이나 1년쯤?"

저는 대답했습니다. 그리고 오른손으로 얼굴을 절반쯤 가린 채 말했습니다.

"졸려요. 졸려 죽겠어요."

"피곤해서 그래요. 신경쇠약이라 졸리는 거죠."

"그럴 거예요."

눈물이 터질 것 같더니 문득 제 가슴에 리얼리즘이라는 단어, 그리고 로맨티시즘이라는 단어가 떠올랐습니다. 저에게 리얼리즘은 없습니다. 이런 상태로 살아갈 수 있을까 생각하니 온몸에 소름이 돋았습니다. 어머니는 거의 환자나 다름없이 누웠다 일어나기를 반복할 뿐입니다. 동생은 아시다시피 마음의 병을 앓는 중환자여서 이곳에 머물 때는 근처의 여관을 겸한 요릿집으로 날마다 소주를 마시러 출근하고, 사흘에 한 번은 우리 옷을 내다 판 돈을 들고 도쿄 쪽으로 출장을 갑니다.

하지만 괴로운 건 이런 일 때문이 아닙니다. 저는 다만 저의 생명이 이런 일상생활 속에서 마치 파초 잎사귀가 떨어지지 않고 썩어가듯 그 자리에 우두커니 선 채 절로 썩어가는 모습이 생생하게 예감되는 것이 두렵습니다. 도저히 견딜 수가 없습니다. 그래서 저는《여대학》에 어긋나더라도 지금의 생활에서 벗어나고 싶습니다.

그래서 제가 당신께 의논드리는 겁니다.

저는 지금 어머니와 동생에게 분명히 선언하고 싶습니다. 제가 전부터 어떤 분을 사랑해왔고, 앞으로도 그분의 애인으로 살아갈 작정이라는 것을 분명히 말해두고 싶습니다. 그분은 당신도 분명 아실 거예요. 그분의 성함 이니셜은 M·C입니다. 저는 전부터 뭔가 괴로운 일이 생기면 곧장 M·C에게 달려가고 싶어서 미쳐버릴 것만 같았습니다.

M·C에게는 당신과 마찬가지로 부인과 자식도 있습니다. 또 저보다 훨씬 예쁘고 젊은 여자친구도 있는 것 같습니다. 하지만 저는 M·C에게 가는 것 말고는 살아갈 길이 없을 것 같은 기분입니다. M·C의 부인을 저는 아직 만난 적이 없지만, 무척 상냥하고 좋은 분인 것 같습니다. 저는 그부인을 생각하면 제가 참 무서운 여자라는 생각이 듭니다. 하지만 저의 지금 생활은 그 이상으로 무서운 느낌이 들어 M·C에게 의지하지 않을 수 없습니다.

비둘기처럼 순결하게 뱀처럼 지혜롭게 저는 제 사랑을 이루고 싶습니다. 하지만 틀림없이 어머니도 동생도 또 세상 사람들 어느 누구도 제게 찬성해주지는 않겠지요. 당신은 어떤가요? 결국 저 혼자 생각하고 혼자 행동하는 수밖에 없다고 생각하니 눈물이 납니다. 난생처음 겪는 일이니까요.

이처럼 힘든 일을 주위 사람들의 축복을 받으며 이룰 방법이 없을까, 하고 무지하게 복잡한 대수代數의 인수 분해 같은 걸 풀 듯 골똘히 생각하다 어딘가 한 군데 단박에 해결되는 실마리가 있을 것 같은 느낌이 들어 갑자기 쾌활해지기도 합니다.

하지만 정작 M·C 쪽에서 저를 어떻게 생각하고 있을지, 그걸 생각하면 맥이 빠집니다. 말하자면 저는…… 뭐랄까, 억지 마누라라고 할 수도 없고, 억지 애인이라고나 할까, 그렇다 보니 M·C 쪽에서 아무래도 싫다고 한다면 그뿐. 그래서 당신에게 부탁드립니다. 부디 그분께 당신이 물어봐주세요. 6년 전 어느 날 제 가슴에 어렴풋이 옅은 무지개가 걸렸고, 그건 연애도 사랑도 아니었지만, 세월이 흐를수록 그 무지개는 점점 더 선명한 색깔을 띠게 되었고 저는 지금껏 한번도 그걸 놓친 적이 없습니다. 소나기가 지나간 화창한 하늘에 걸린 무지개는 이윽고 덧없이 사라져버리지만, 사람의 가슴에 걸린 무지개는 사라지지 않는 모양입니다. 아무쪼록 그분께 물어봐주세요. 그분은 정말로 저를 어떻게 생각하셨을까요? 그야말로 비 갠 하늘의 무지개처럼 생각하셨을까요? 그렇게 순식간에 사라져버렸다고?

그렇다면 저도 저의 무지개를 지워버려야만 합니다. 하지만 저의 생명을 먼저 지우지 않으면, 제 가슴의 무지개는 사라질 것 같지 않습니다.

답장을 기다립니다.

우에하라 지로 귀하(나의 체호프. 마이 체호프. M·C).

※안톤 체호프A. P. Chekhov(1860~1904. 러시아의 작가. 귀족의 몰락을 그린《벚꽃 동산》,《갈매기》등이 유명하다—옮긴이.

저는 요즘 조금씩 살이 찌고 있습니다. 동물적인 여자가 되어간다기보다 사람다워졌다고 생각합니다. 이번 여름에는 로렌스의 소설을 딱 하나 읽었습니다.

※데이비드 허버트 로렌스D. H. Lawrence. 1885~1930. 영국의 소설가, 시인, 수필가. 대표작으로《채털리 부인의 사랑》이 있다—옮긴이.

답장이 없어 한 번 더 편지를 보냅니다. 일전에 보낸 편지는 뱀처럼 아주 교활한 간책으로 가득 차 있었는데, 속속들이 간파하셨겠지요. 정말이지 저는 그 편지의 한 줄 한 줄마다 한껏 간계를 부렸습니다. 결국 제가 당신에게 저의 생활을 좀 도와달라는, 돈이 필요하다는 의도가 드러났을 뿐인 편지로 여겼을 테지요. 저 역시 그걸 부정하지 않겠지만, 그렇다고 단지 저만의 후원자가 필요해서라면 실례지만 굳이 당신을 선택해 부탁드리지는 않았을 거예요. 저는 저를 사랑해줄 돈 많은 노인이 많은 걸로 압니다.

실제로 얼마 전에도 혼담 비슷한 것이 들어왔습니다. 그분의 성함은 당신도 아실지 모르겠는데, 예순이 넘은 독신 할아버지로 예술원 회원인지 하는 그런 훌륭한 어르신께서 저를 만나러 이 산장에 찾아왔었습니다.

그 어르신은 니시카타초의 우리 집 근처에 살고 계셨던 터라 이웃 간에 이따금 만나기도 했습니다.

언젠가 가을날 해 질 무렵이었다고 기억합니다. 어머니와 제가 둘이서 자동차로 그 어르신 댁 앞을 지나칠 때 그분이 혼자 멍하니 그 댁 대문 옆에 서 계시다가 어머니가 차창으로 약간 고개를 숙여 어르신께 인사하자 그 어르신의 신경질적인 푸르스름한 낯빛이 금세 단풍잎보다도 더 빨개졌습니다.

"사랑일까?"

저는 들떠서 말했습니다.

"어머니를 좋아하시나 봐요."

하지만 어머니는 차분하게 혼잣말처럼 말했습니다.

"아니야. 훌륭한 분이란다."

예술가를 존경하는 건 저희 집안의 내력인 모양입니다.

그 어르신이 몇 해 전 부인을 여의고 와다 외삼촌과 요쿄

쿠謠曲(노가쿠의 가사에 가락을 붙여서 부르는 것―옮긴이)를 함께 즐기는 어떤 황족 한 분을 통해 어머니에게 의사 표시를 하셨는데, 어머니는 제가 직접 솔직하게 어르신께 회답을 드리는 게 어떠냐고 하셨습니다. 저는 깊이 생각할 것도 없이 싫어서 '저는 지금 결혼할 의사가 없습니다.'라는 내용을 아무렇지도 않게 술술 적을 수 있었습니다.

"거절해도 되는 거죠?"

"그럼……. 나도 무리한 얘기라고 생각했다."

그 무렵 어르신이 가루이자와軽井沢의 별장에 와 계시기에 그 별장으로 거절의 답장을 보냈는데, 그로부터 이틀 후 그 편지와 엇갈려서 어르신이 몸소 이즈의 온천에 용무차 왔다가 잠시 들렀다고 하시며 저의 답장에 대해선 아무것도 모른 채 느닷없이 이 산장에 찾아오셨습니다. 예술가란 아무리 나이가 들어도 어린애처럼 멋대로 행동하나 봅니다.

어머니는 몸이 편찮으셔서 제가 대신 손님을 맞아 응접실에서 차를 대접하고 말씀드렸습니다.

"저어, 기절한다는 편지가 지금쯤 가루이자와에 도착했을 거예요. 신중히 생각했습니다만."

"그런가요?"

초조한 모습으로 말씀하신 후 땀을 닦았습니다.

"하지만 한 번 더 신중하게 생각해주시지요. 나는 당신에게 뭐랄까, 말하자면 정신적인 행복을 줄 수 없을지는 모르겠으나, 그 대신 물질적으로는 얼마든지 행복하게 해줄 수 있어요. 이것만은 분명히 말할 수 있습니다. 허심탄회하게 하는 얘기지만."

"말씀하신 그 행복이라는 것을 저는 잘 모르겠어요. 주제넘은 말씀을 드려 죄송해요. 체호프는 아내에게 보내는 편지에 '아이를 낳아주시오. 우리의 아이를 낳아주시오.'라고 썼지요. 니체(프리드리히 니체Friedrich Nietzsche, 1844~1900. 독일의 철학자, 실존 철학의 선구자─옮긴이)의 에세이에도 '아이를 낳게 하고 싶은 여자'라는 표현이 있었어요. 저는 아이를 갖고 싶어요. 행복 같은 건 아무래도 상관없어요. 돈도 필요하지만 아이를 키울 수 있을 만큼의 돈만 있으면 그걸로 충분해요."

어르신은 묘한 웃음을 짓더니 나이에 맞지 않게 다소 밥맛없는 말을 했습니다.

"당신은 참 특이하군요. 누구한테나 본인의 생각을 솔직히 말하는 사람. 당신과 함께 있으면 내가 하는 일에 새로운 영감이 솟아날지도 모르겠소."

이처럼 훌륭한 예술가의 작업에 만약 정말 제 힘으로 젊은 기운을 불어넣을 수 있다면 그것도 분명 보람 있는 일이라고 생각했습니다. 하지만 저는 그 어르신의 품에 안기는 제 모습을 도저히 상상할 수 없었습니다.

"제게 사랑의 감정이 없어도 괜찮으시겠어요?"

웃음을 띠고 제가 여쭈었더니 어르신은 진지하게 말했습니다.

"여자는 그래도 됩니다. 여자는 좀 멍해도 괜찮아요."

"하지만 저 같은 여자는 역시 사랑의 감정 없이는 결혼을 생각할 수 없습니다. 저도 이제 어엿한 어른인걸요. 내년이면 벌써 서른."

말하고는 저도 모르게 입을 틀어막고 싶은 심정이었습니다.

서른, '여자는 스물아홉까지는 처녀 내음이 남아 있다. 그러나 서른 살 여자의 몸에는 이미 어디에고 처녀 내음이 남아 있지 않다.'라는 예전에 읽은 프랑스 소설 속의 문장이 문득 떠올라 참을 수 없는 쓸쓸함에 휩싸여 밖을 내다보니 한낮의 햇살을 받은 바다가 유리 파편처럼 따갑게 반짝이고 있었습니다.

그 소설을 읽었을 때는 그야 그럴 테지, 하고 가볍게 수긍하며 넘어갔습니다. 서른이 되면 여자의 생활은 끝장나는 거라고 태연히 생각했던 그 시절이 그립습니다. 팔찌, 목걸이, 드레스, 기모노의 오비帯(일본의 전통 복장에서 허리에 감아

매어 옷을 고정시키는 천. 허리띠―옮긴이) 같은 게 하나씩 제 주변에서 사라지면서 제 몸의 처녀 내음도 서서히 옅어져갔을 테지요.

가난한 중년 여자. 아아, 싫어. 하지만 중년 여자의 삶에도 역시 여자의 삶이 있답니다. 요즘에야 그걸 알게 되었습니다. 영국인 여교사가 영국으로 돌아갈 때 열아홉이던 제게 이런 말을 했던 걸 기억합니다.

"당신은 사랑을 하면 안 됩니다. 당신은 사랑을 하면 불행해집니다. 사랑을 하려거든 더 어른이 된 뒤에 하세요. 서른이 되거든 하세요."

하지만 그 말을 들은 저는 그저 어리둥절할 뿐이었습니다. 서른 이후의 일 따위, 그 무렵의 저는 상상조차 할 수 없었습니다.

"이 별장을 팔려고 내놓았다는 소문을 들었소만."

어르신은 짓궂은 표정으로 대뜸 이렇게 말했습니다.

저는 웃었습니다.

"죄송해요.《벗꽃 동산》(체호프의 유작이자 마지막 장막극. 1903년작. 구시대의 귀족과 신흥 부자, 혁명을 열어갈 인텔리겐치아가 몰락한 귀족의 마지막 자존심 '벗꽃 동산'을 놓고 벌이는 이야기. 다자이 오사무가 이 작품의 영향을 받아《사양》을 썼다―옮긴이)을 떠올렸어요. 당신이 사주시는 거죠?”

어르신은 과연 민감하게 알아챘는지 화가 난 듯 입술을 일그러뜨린 채 아무 말이 없었습니다.

어느 황족이 거처로 쓰기 위해 50만 엔에 이 집을 사니 마니 한다는 말이 나온 것도 사실이지만 곧 흐지부지되었는데, 그 소문을 어르신이 어디선가 들었나 봅니다. 그래도 자신을 《벚꽃 동산》의 로빠힌(《벚꽃 동산》의 등장인물. 몰락한 라네프스까야 집안의 영지인 '벚꽃 동산'을 사들여 별장 분양지로 만들려는 농노 출신의 신흥 부자. 선량한 마음을 가지고 있지만 동시에 아름다움을 돈으로 사려는 천박함도 지녔다—옮긴이)인 양 간주하면 곤란하다며 몹시 언짢아하시고는 잠시 잡담을 하다 돌아갔습니다.

제가 지금 당신에게 요구하는 것은 로빠힌이 아닙니다. 분명히 말할 수 있습니다. 그냥 중년 여자의 억지를 받아주세요.

제가 처음 당신을 만난 지 어느덧 6년이 훌쩍 지났습니다. 그때 저는 당신이라는 사람에 대해 전혀 아는 게 없었습니다. 그저 남동생의 스승님, 더구나 다소 탐탁잖은 스승님 정도로만 생각했습니다. 그리고 함께 컵으로 술을 마셨고, 당신은 가벼운 장난을 치셨지요. 그래도 저는 태연했습니다.

그저 묘하게 홀가분해진 기분이었습니다. 당신을 좋아한 것도 싫어한 것도 아니었습니다. 그러다가 동생의 비위를 맞추기 위해 당신의 저서를 동생한테서 빌려 읽고, 재미있는 듯 재미없기도 해서 그다지 열렬한 독자는 아니었지만 6년 새, 언제부턴가 당신이 안개처럼 제 가슴에 스며들었습니다.

그날 밤 지하 계단에서 우리가 한 일도 불현듯 생생하고 선명하게 떠올라 어쩐지 그것이 제 운명을 결정할 정도로 중대한 일이었던 것 같은 느낌이 듭니다. 당신이 그리워져서 어쩌면 사랑일지도 모른다고 생각하니 너무나 허전하고 외로워 혼자 훌쩍훌쩍 울었습니다. 당신은 다른 남자들과는 전혀 다릅니다. 저는 〈갈매기〉(1896년에 초연한 체호프의 희곡. 작가를 꿈꾸는 청년 뜨레플레프와 그가 사랑한 배우 지망생 니나, 니나가 동경한 작가이자 뜨레플레프 모친의 연인인 뜨레고린의 엇갈린 사랑과 몰락을 그리고 있다—옮긴이)의 니나처럼 작가를 사랑하는 게 아닙니다. 저는 소설가를 동경하지는 않습니다. 문학 소녀쯤으로 생각하신다면 저도 당황스럽습니다. 저는 당신의 아기를 갖고 싶습니다.

좀 더 오래전 당신이 아직 혼자였을 때, 그리고 저도 아직 야마키에게 가기 전에 서로 만나 결혼했더라면 저도 지금처럼 괴로워하지 않아도 되었을 텐데, 저는 이제 당신과의 결혼은 불가능하다고 단념했습니다. 당신의 부인을 밀어내는 것, 그건 비열한 폭력 같아서 전 싫습니다. 저는 첩(이 단어를 입 밖에 내기가 죽도록 싫지만 그렇다고 애인이라고 해봤자 속된 표현으로 첩이 틀림없으니 확실히 말할게요)이라도 상관없습니다.

하지만 세상에서 흔히 말하는 첩의 삶도 결코 만만치 않은가 봅니다. 사람들 말로는, 첩이란 대개 쓸모가 없어지면 버림받기 마련이라고, 예순이 가까워지면 어떤 남자건 다들 본처에게 다시 돌아간다는군요. 그러니 애당초 첩이란 될 게 못 된다고, 니시카타초의 할아범과 유모가 주고받는 이야기를 들은 적이 있습니다. 하지만 그건 세상의 평범한 첩 이야기일 뿐, 우리의 경우는 다른 것 같습니다. 당신에게 가장 소중한 것은 역시 당신의 일이라고 생각합니다. 그리고 당신이 저를 좋아하신다면 우리 둘이 가까워지는 게 일에도 도움이 되겠지요. 그러면 당신 부인도 우리를 이해해주실 거예요. 이상한 억지 변명 같지만 그래도 제 생각은 하나도 틀리지 않았다고 생각해요.

문제는 당신의 응답뿐입니다. 저를 좋아하는지 싫어하는지 아니면 이도 저도 아닌지 그 응답을, 굉장히 두렵지만 그래도 들어야만 합니다. 지난번 편지에도 제가 억지 애인이라고 썼고, 또 이번 편지에도 중년 여자의 억지라고 썼습니다만, 지금 곰곰이 생각해보니 당신의 응답이 없다면 저는 억지를 부릴 수도 어쩌지도 못한 채 혼자 멍하니 야위어갈 뿐이겠지요. 역시 당신이 무슨 말이든 꼭 해주셔야 해요.

방금 막 떠오른 생각인데, 당신은 소설에선 꽤 자주 사랑의 모험 같은 걸 쓰셨고 세상으로부터도 못된 망나니라는 소리를 듣지만 실제로는 상식을 갖춘 분일 테지요. 저는 상식이라는 것을 알지 못합니다. 좋아하는 일을 할 수만 있다면, 그것이 좋은 생활이라고 생각합니다. 저는 당신의 아기를 낳고 싶습니다. 다른 사람의 아기는 절대로 낳고 싶지 않습니다. 그래서 제가 당신에게 의논드리는 거예요. 이해하셨다면 답장을 주세요. 당신의 마음을 분명히 알려주세요.

비가 그치고 바람이 불기 시작했습니다. 지금은 오후 3시예요. 이제 술(여섯 홉) 배급을 받으러 갑니다. 럼주 술병 두 개를 자루에 넣고 윗옷 주머니에는 이 편지를 넣고 10분쯤 뒤에 곧 아랫마을로 내려갑니다. 이 술은 동생이 마실 게 아닙니다. 제가 마실 겁니다. 밤마다 한 컵씩 가득히 따라 마실 거예요. 술은 원래 컵으로 마시는 법이죠.

제게 오시지 않을래요?

M · C 귀하

오늘도 비가 내렸습니다. 보일 듯 말 듯 내립니다. 매일매일 외출도 하지 않고 답장을 기다렸지만 결국 오늘까지 소식이 없었습니다. 도대체 당신은 무슨 생각을 하시는 건가요? 지난번 편지에 그 어르신 이야기를 썼던 게 잘못인가요? 그런 혼담 따위를 써서 경쟁심을 부추길 작정이로군, 이렇게 생각하셨나요? 하지만 그 혼담은 이미 끝난 일이에요. 아까도 어머니와 그 이야기를 하다 웃었습니다. 어머니는 얼마 전 혀끝이 아프다며 나오지의 권유로 미학 요법을 썼는데, 그 요법 덕분에 혀의 통증도 사라져서 요즘은 꽤 건강하신 편입니다.

아까 제가 툇마루에 서서 소용돌이치듯 흩날리는 안개비를 바라보며 당신의 심정이 어떨지 생각하는데 어머니가 식당 쪽에서 불렀습니다.

"우유를 데웠으니 오렴. 추워서 아주 뜨겁게 데웠다."

우리는 식당에서 김이 모락모락 나는 뜨거운 우유를 마시며 일전에 만난 어르신에 대해 이야기를 나누었습니다.

"그분하고 저랑은 선혀 어울리지 않죠?"

어머니는 태연히 말씀하셨습니다.

"안 어울려."

"저는 이렇게 제멋대로이고 예술가를 싫어하지 않을뿐더

러 그분은 수입도 상당한 모양이니 그런 분과 결혼해도 괜찮겠다 싶어요. 하지만 안 돼요."

어머니가 제 말에 웃으며 말했습니다.

"너 참 못됐구나. 그렇게 안 된다고 하면서 요전엔 그분과 무슨 얘길 그렇게 즐겁게 나누었니? 네 마음을 도무지 알 수 없구나."

"어머, 그야 재미있었으니까요. 좀 더 이런저런 얘길 나누고 싶었죠. 저는 조신한 여자가 아니에요."

"아니야. *끈적끈적해. 넌 끈적거려.*"

어머니는 오늘 무척 유쾌하십니다.

그러고는 어제 처음 해본 제 올림머리를 보시고 덧붙이셨습니다.

"올림머리는 머리숱이 적은 사람이 하는 게 좋단다. 너의 올림머리는 너무 거창해서 작은 금관이라도 씌워놓은 것 같아. 실패!"

"전 실망! 언제였더라, 어머니가 가즈코는 목덜미가 희고 예쁘니까 목덜미를 감추지 말라고 하셨잖아요."

"그런 건 잘도 기억하는구나."

"칭찬은 아무리 사소한 거라도 평생 잊어버리지 않죠. 기억해두면 행복하잖아요."

"요전에 그분한테서도 칭찬을 들었니?"

"그럼요. 그래서 끈적끈적해진 거죠. 저랑 함께 있으면 영감이 솟는다느니, 아아, 어떡해요. 전 예술가가 싫은 건 아닌데 그렇게 인격자인 척 거드름을 피우는 사람은 정말 못 참겠어요."

"나오지의 스승님은 어떤 사람이니?"

저는 뜨끔했습니다.

"잘은 몰라도 어쨌든 나오지의 스승님인걸요. 불량하다고 꼬리표가 붙은 것 같아요."

"꼬리표가 붙었다고?"

어머니는 흥미롭다는 눈빛으로 중얼거렸습니다.

"재미있는 표현이네. 꼬리표가 붙었다면 오히려 안전하고 좋지 않니? 방울을 목에 건 새끼 고양이처럼 귀여운걸. 꼬리표가 없는 불량이 무섭지."

"그런가요?"

너무나 기쁜 나머지, 몸이 연기로 변해 하늘로 쑤욱 빨려 올라가는 기분이었습니다. 아시겠어요? 어째서 제가 기뻤는지? 이해 못 하시겠다면…… 때려줄 거예요.

정말 여기로 한번 놀러오시지 않겠어요? 제가 직접 나오지에게 당신을 모시고 오라고 시키는 것도 어쩐지 부자연스럽고 이상하니까. 당신 스스로 취중에 어쩌다 이곳에 들렀다는 식으로 나오지의 안내를 받아 오셔도 되지만, 되도록 혼자서 나오지가 도쿄에 출장 가고 집에 없을 때 오세요. 나오지가 있으면 당신을 나오지에게 빼앗기고, 틀림없이 당신들은 오사키 씨의 여관으로 소주를 마시러 나가서 돌아오지 않을 게 뻔하니까요.

저희 집안은 조상 대대로 예술가를 좋아했던 것 같아요. 고린(오카타 고린尾形光琳, 1658~1716. 에도 중기의 화가, 공예가—옮긴이)이라는 화가도 옛날에 교토의 저희 집에 오래 머물며 맹장지에 멋들어진 그림을 그려주었어요. 그러니까 어머니도 당신의 방문을 매우 기뻐하시리라 생각해요. 당신은 아마 2층 방에서 주무시게 될 거예요. 잊지 말고 전등을 꺼두세요. 저는 작은 촛불을 한 손에 들고 어두운 계단을 올라갈 건데, 그러면 안 되나요? 너무 앞서갔나요?

저는 불량한 사람이 좋아요. 더구나 꼬리표가 붙은 불량이 좋아요. 그리고 저도 꼬리표가 붙은 불량이 되고 싶어요. 그렇게 하지 않고는 달리 제가 살아갈 방도가 없을 것 같아요. 당신은 일본 제일의 꼬리표가 붙은 불량이겠죠? 그리고 최근 다시 많은 사람이 당신에 대해 추잡하다, 역겹다며 몹시 미워하고 공격한다는 이야기를 동생한테서 듣고 더욱더 당신이 좋아졌어요.

당신에겐 틀림없이 애인이 여럿 있을 테지만, 머지않아 저 한 사람만을 좋아하게 될 거예요. 어째선지 제겐 자꾸만 그런 생각이 듭니다. 그리고 당신은 저와 함께 지내며 매일 즐겁게 일하실 수 있을 거예요. 어릴 적부터 저는 사람들에게 "너와 함께 있으면 힘든 걸 잊게 돼."라는 말을 종종 들었습니다. 저는 지금껏 남들한테 미움을 받은 적이 없어요. 모두 저를 착한 아이라고 말해주었답니다. 그러니까 당신도 결코 저를 싫어하실 리가 없다고 생각해요.

만나면 돼요. 이제 더는 답장이고 뭐고 필요 없습니다. 만나고 싶어요. 제가 도쿄의 당신 집으로 찾아가면 가장 수월하게 볼 수 있을 테지만, 어머니가 거의 환자나 다름없다 보니 저는 전담 간호사 겸 하녀의 처지라서 그건 도저히 불가능합니다. 부탁이에요. 부디 이곳으로 와주세요. 한번 뵙고 싶어요. 그리고 일단 만나면 모든 걸 알게 될 거예요. 저의 양쪽 입가에 생긴 희미한 주름을 보세요. 세기의 슬픈 주름을 보세요. 저의 어떤 말보다도 제 얼굴이 제 가슴속 그리움을 당신에게 똑똑히 알려줄 겁니다.

맨 처음 보낸 편지에 제 가슴에 걸린 무지개에 대해 썼습니다만, 그 무지개는 반딧불, 혹은 별빛처럼 그렇게 고상하지도 아름답지도 않답니다. 그토록 멀고 옅은 마음이었다면, 제가 이렇듯 괴로워하지 않고 서서히 당신을 잊을 수 있었겠지요. 제 가슴속 무지개는 불꽃의 다리랍니다. 가슴이 까맣게 타들어 갈 정도로 그립습니다. 마약 중독자가 마약이 떨어져 약을 찾아 헤맬 때의 심정인들, 이 정도로 괴롭지는 않겠지요. 잘못되지 않았다, 불순한 게 아니라고 생각하면서도 불쑥 제가 엄청난 바보짓을 벌이는 게 아닌가 싶어 섬뜩해지기도 합니다. 미치광이가 된 건 아닐까 하고 뉘우치는 마음도 상당히 큽니다. 하지만 저는 냉정하게 계획하고 있습니다. 정말로 제게 한번 와주세요. 언제든 좋아요. 저는 아무 데도 가지 않고 항상 기다리고 있을 거예요. 저를 믿어주세요.

한 번 더 만나고 나서 그때 싫으면 분명히 말해주세요. 제 가슴속 불꽃은 당신이 붙인 것이니 당신이 끄고 가세요. 저 혼자 힘으로는 도저히 끌 수가 없습니다. 어쨌든 만나면, 만나기만 하면, 제가 살 수 있습니다. 만요(《만요슈万葉集》를 가리킴. 일본의 나라奈良 시대 말기에 편찬된 일본 최고最古의 시가집이다―옮긴이)나 《겐지 이야기源氏物語》(11세기 초, 무라사키 시키부가 쓴 일본 고전 문학의 걸작이다. 당시의 화려한 귀족사회를 배경으로 히카루 겐지라는 남자 주인공의 사랑과 영화榮華, 우수憂愁의 인생을 그린 이야기다―옮긴이)의 시대였다면 저의 이런 부탁 따윈 아무 일도 아니었을 텐데. 저의 소망. 당신의 애첩이 되어 당신 아이의 엄마가 되는 것.

만약 이런 편지를 비웃는 사람이 있다면, 그 사람은 여자가 살아가는 노력을 비웃는 사람입니다. 여자의 목숨을 비웃는 사람입니다. 저는 숨이 턱턱 막히는 항구의 정체된 공기를 참을 수 없어서 항구 바깥에 태풍이 몰아친다 해도 돛을 올리고 싶습니다. 쉬고 있는 돛은 더럽기 마련입니다. 저를 비웃는 사람들은 틀림없이 모두 쉬고 있는 돛입니다. 할 수 있는 게 아무것도 없습니다.

난처한 여자. 그러나 이 문제로 가장 괴로워하는 사람은 저입니다. 이 문제에 대해 털끝만큼도 괴로워하지 않는 방관자가 볼품없이 돛을 늘어뜨린 채 쉬면서 이 문제를 비판하는 건 난센스입니다. 적당히 무슨무슨 사상 같은 것과 저를 결부시키지 말아주세요. 저는 사상이 없습니다. 저는 사상이나 철학을 앞세워 행동한 적이 한 번도 없습니다.

세상에서 훌륭하다고 존경받는 사람들은 모두 거짓말쟁이이고 가짜라는 것을 저는 알고 있습니다. 저는 세상을 신뢰하지 않습니다. 꼬리표가 붙은 불량만이 제 편입니다. 꼬리표가 붙은 불량. 저는 오직 그 십자가에만은 매달려 죽어도 좋다고 생각합니다. 비록 만인에게 비난받는다 해도 저는 되묻고 싶습니다. 당신들은 꼬리표가 붙지 않은 훨씬 더 위험한 불량이 아니냐고.

아시겠어요?

사랑에 이유는 없습니다. 다소 변명 같은 말을 너무 많이 했습니다. 동생의 말버릇에 지나지 않는다는 느낌도 듭니다. 오시기를 기다릴 뿐입니다. 한 번 더 뵙고 싶습니다. 그뿐이에요.

기다림. 아아, 인간의 삶에는 기뻐하고 화내고 슬퍼하고 미워하는 여러 가지 감정이 있지만, 그래도 그런 건 인간의 삶에서 겨우 1퍼센트를 차지할 뿐인 감정이고 나머지 99퍼센트는 그저 기다리며 살아가는 게 아닐까요? 행복의 발소리가 복도에 들리기를 이제나저제나 절절한 그리움으로 기다리다 텅 빈 공허감. 아아, 인간의 삶이란 얼마나 비참한지! 차라리 태어나지 않는 편이 나았겠다고 모두가 생각되는 이 현실. 그리고 매일 아침부터 밤까지 헛되이 뭔가를 기다린다. 너무 비참하네요. 태어나길 잘했다고. 아아, 목숨을, 인간을, 세상을 기꺼워해보고 싶습니다.

가로막는 도덕을 밀어낼 수 없을까요?

M · C

(마이 체호프의 이니셜이 아닙니다. 저는 작가를 사랑하는 게 아니에요. 마이 차일드)

5

나는 올해 여름, 어떤 남자에게 세 통의 편지를 보냈는데 모두 답장이 없었다. 아무리 생각해도 내게 달리 살아갈 방도가 없는 것 같아 세 통의 편지에 내 속마음을 털어놓고 벼랑 끝에서 성난 파도를 향해 뛰어내리는 심정으로 우체통에 넣었지만 아무리 기다려도 답장이 오지 않았다.

　동생 나오지에게 슬쩍 그 사람의 안부를 물어보니 그 사람은 여전히 밤마다 술을 마시러 돌아다니며 한층 부도덕한 작품만을 써서 세상 사람들의 빈축을 사고 미움을 받는 듯했다. 또 나오지에게는 출판업을 시작하라고 권유했고, 나오지는 이를 흔쾌히 받아들여 그 사람 외에 소설가 두세 명을 고문으로 모셨는데 자본을 대줄 사람이 있는지 어떤지, 아무튼 나오지의 이야기를 듣고 있으면 내가 사랑하는 사람의 주변 분위기에 나의 냄새가 털끝만큼도 스며들지 않은 것 같아 나는 부끄럽다기보다는 이 세상이라는 것이 내가 생각하는 세상과는 전혀 다른 별종의 기묘한 생물 같다는 느낌이 들었다.

나 혼자만 덩그러니 남겨진 채 아무리 소리쳐 불러도 응답이 없는, 가을날 해 질 무렵의 광야에 서 있는 듯한, 지금까지 맛본 적이 없는 처참한 기분에 휩싸였다. 이런 것이 실연의 감정일까. 이렇게 꼼짝 않고 광야에 우두커니 서 있는 사이 해가 완전히 저물어 밤이슬에 얼어 죽을 수밖에 없겠구나 생각하니 눈물 없는 통곡에 양쪽 어깨와 가슴이 격렬하게 출렁거려 숨조차 쉴 수가 없다.

이제 이렇게 된 이상 어떡하든 상경해서 우에하라 씨를 만나자. 내 돛은 이미 올려졌고 항구 밖으로 나가 버렸다. 그저 우두커니 서 있을 수만은 없다. 가는 데까지 가봐야 한다.

남몰래 상경할 마음의 준비를 하기 시작했을 때 어머니의 용태가 이상해졌다.

밤새 기침이 심해 열을 재보니 39도였다.

"오늘 추워서 그래. 내일이면 낫겠지."

어머니는 콜록거리며 작은 목소리로 말했지만 나는 어쩐지 단순한 기침이 아닌 것 같아서 내일 아무래도 아랫마을 의사 선생님을 불러야겠다고 마음먹었다.

다음 날 아침, 열은 37도로 내렸고 기침도 잦아들었지만, 나는 마을 의사 선생님 댁으로 가서 어머니가 요즘 급격히 허약해지신 것, 어젯밤부터 다시 열이 나면서 기침도 보통 감기 때의 기침과 다른 것 같다는 등의 말씀을 드리고 진찰을 부탁했다.

선생님은 그럼 이따가 들르지요, 이건 선물 받은 건데, 하고 응접실 구석의 찬장에서 배를 세 개 꺼내 나에게 주셨다. 그리고 점심때가 조금 지나 흰색 줄무늬의 여름 하오리 차림으로 진찰하러 오셨다. 여느 때처럼 한참 동안 꼼꼼히 청진기를 대고 진찰한 다음 나를 향해 정면으로 돌아서서 말씀하셨다.

"걱정 안 하셔도 됩니다. 약만 드시면 나을 겁니다."

나는 이상하게 웃음이 나는 걸 간신히 참으면서 여쭸다.

"주사는 어떨까요?"

선생님은 진지하게 말씀하셨다.

"그럴 필요까지는 없어요. 감기니까 가만히 휴식을 취하면 곧 감기가 떨어질 겁니다."

하지만 어머니의 열은 그 후 일주일이 지나도록 내리지 않았다. 기침은 가라앉았지만 열은 아침에 37도 7부 정도였다가 저녁이 되면 39도가 되었다. 의사 선생님이 그 이튿날부터 배탈이 났다며 쉬는 바람에 내가 직접 약을 받으러 갔다. 어머니의 용태가 심상치 않다고 간호사를 통해 선생님에게 전했지만 흔한 감기니까 걱정할 것 없다는 대답과 함께 물약과 가루약을 주셨다.

나오지는 여전히 도쿄 출장 중이었고, 벌써 열흘 남짓 돌아오지 않았다. 나 혼자 불안해진 나머지 와다 외삼촌에게 어머니의 용태가 바뀐 사실을 엽서에 적어 알렸다.

열이 난 지 대충 열흘째 되는 날, 의사 선생님이 겨우 배탈이 좀 나았다며 진찰하러 오셨다.

의사 선생님은 어머니의 가슴을 주의 깊게 진찰하시더니 "알았습니다, 알았어요!"라고 외치고는 내 쪽으로 돌아서서 진찰 결과를 설명하셨다.

"열이 나는 원인을 이제 알았습니다. 왼쪽 폐에 침윤이 일어났습니다. 하지만 걱정하실 필요는 없습니다. 열은 당분간 지속되겠지만, 조용히 휴식을 취하면 걱정 안 하셔도 됩니다."

그럴까 싶으면서도 물에 빠진 사람은 지푸라기라도 잡고 싶은 심정이라 의사 선생님의 진단에 나는 다소 마음이 놓이기도 했다.

의사가 돌아간 뒤 어머니에게 말씀드렸다.

"다행이에요, 어머니. 아주 조금의 침윤은 누구에게나 있는 법이에요. 마음만 단단히 먹고 계시면 금방 나을 거예요. 올여름 변덕스러운 날씨 탓이에요. 여름은 싫어요. 저는 여름꽃도 싫어요."

어머니는 눈을 감은 채 웃으며 말씀하셨다.

"여름꽃을 좋아하는 사람은 여름에 죽는다기에 나도 올여름쯤 죽겠구나 싶었는데, 나오지가 돌아와서 가을까지 살아버렸구나."

그런 나오지여도 역시 어머니가 살아가면서 의지할 기둥이 되는가 싶어 마음이 아팠다.

"그럼 이제 여름이 다 지나갔으니까 어머니는 위험한 고비는 넘긴 거네요. 어머니, 마당에 싸리꽃이 피었어요. 그리고 여랑화, 오이풀, 도라지, 솔새, 참억새. 마당이 완연한 가을 뜰이 되었네요. 10월이 되면 틀림없이 열도 내릴 거예요."

나는 그렇게 되기를 기도했다. 어서 이 9월의 후텁지근함, 소위 늦더위의 계절이 지나갔으면 좋겠다. 그리고 국화꽃이 피고 화창한 햇살이 비치면 틀림없이 어머니의 열도 내려 건강해지고 나도 그 사람을 만나게 되어 나의 계획도 탐스러운 국화꽃처럼 멋들어지게 꽃피울 수 있을지도 모른다. 아아, 어서 10월이 되어 어머니의 열이 내렸으면!

와다 외삼촌에게 엽서를 보낸 뒤 일주일쯤 지나 외삼촌의 배려로 예전에 시의侍醫를 하셨던 미야케 선생님이 간호사를 데리고 도쿄에서 왕진을 와주셨다.

연로한 선생님은 돌아가신 아버지와도 친분이 있었던 분이라 어머니는 무척 반가운 듯했다. 게다가 선생님은 옛날부터 무례하고 말투도 거침이 없었는데, 어머니는 그것이 오히려 더 마음에 드는 것 같았다. 그날은 진찰 따위는 제쳐 놓고 두 분이 서로 허물없이 잡담을 나누는 데에 흠뻑 빠져 있었다. 내가 부엌에서 푸딩을 만들어 방으로 가져갔더니, 벌써 그새 진찰도 끝났는지 선생님은 청진기를 목걸이처럼 목에 건 채 방 앞 복도의 등의자에 걸터앉아 느긋하게 잡담을 이어 나가셨다.

"나 역시 포장마차에 들어가면 그냥 서서 우동을 먹지요. 맛이 있는지 없는지도 몰라요."

어머니도 무심한 표정으로 천장을 보며 그 이야기를 듣고 계신다. 별일 아니었네, 하고 나는 안심했다.

"어떠세요? 이 마을 의사 선생님은 왼쪽 가슴에 침윤이 있다고 하던데요?"

나도 갑자기 기운이 나서 미야케 선생님께 여쭈었더니 선생님은 대수롭지 않게 대답하셨다.

"아니, 괜찮아."

"정말 다행이에요, 어머니. 괜찮대요."

나는 진심으로 미소 지으며 어머니에게 말했다.

그때 미야케 선생님이 등의자에서 벌떡 일어나 응접실 쪽으로 가셨다. 뭔가 내게 할 말이 있는 것 같아 나는 슬그머니 그 뒤를 따랐다.

선생님은 응접실 벽걸이 뒤에 가서 걸음을 멈추고 나를 돌아보며 말씀하셨다.

"그렁그렁 소리가 들리는구나."

"침윤이 아닌가요?"

"아니야."

"기관지염?"

나는 어느새 눈물을 글썽이며 물었다.

"아니야."

결핵! 나는 그것만은 아니기를 바랐다. 폐렴이나 침윤, 기관지염이라면 내 힘으로 어떻게든 고쳐드릴 수 있다. 하지만 결핵이라면 아아, 이젠 가망이 없는지도 모른다. 나는 발밑이 무너져 내리는 느낌이었다.

"소리가 많이 나쁜가요? 그렁그렁 들리나요?"

초조한 마음에 나는 훌쩍이기 시작했다.

"오른쪽 왼쪽 모두."

"그래도 어머니는 아직 건강하신걸요. 밥도 맛있다며 잘 드시고……."

"방법이 없구나."

"거짓말. 사실이 아니죠? 버터나 달걀, 우유를 많이 드시면 낫는 거죠? 몸에 저항력만 생기면 열도 내리겠죠?"

"음, 뭐든 많이 먹어야 하지."

"거봐요. 그렇죠? 토마토도 매일 다섯 개쯤 드시는걸요."

"음, 토마토는 괜찮아."

"그럼 괜찮은 거죠? 낫는 거죠?"

"하지만 이번 병은 목숨을 앗아갈지도 몰라. 그렇게 각오하고 있는 게 좋다."

사람의 능력으로는 도저히 막을 수 없는 일이 이 세상엔 많다는 절망의 벽, 그 존재를 난생처음 알게 된 것 같았다.

"2년? 3년?"

나는 떨면서 작은 목소리로 물었다.

"알 수 없어. 아무튼 더는 손쓸 방법이 없구나."

그러고 나서 미야케 선생님은 그날 이즈의 나가오카 온천에 숙소를 예약해두었다며 간호사와 함께 돌아갔다. 문밖까지 배웅해드리고는 정신없이 방으로 들어가 어머니의 머리맡에 앉아 아무 일 없었다는 듯 웃어 보이자 어머니가 물으셨다.

"선생님이 뭐라시던?"

"열만 내리면 괜찮대요."

"가슴은?"

"별 것 아닌가 봐요. 예전에 앓았을 때처럼. 틀림없어요. 이제 곧 선선해지면 몰라보게 건강해지실 거예요."

나는 나의 거짓말을 믿고 싶었다. 목숨을 앗아간다는 무시무시한 말은 잊고 싶었다. 나에게 어머니가 돌아가신다는 것은 곧 내 육체도 함께 소멸되고 마는 느낌이라 도저히 사실로 받아들여지지 않았다. 이제부터는 다 잊고 어머니에게 맛있는 음식을 잔뜩 만들어드리자. 생선. 수프. 통조림. 간. 육수. 토마토. 달걀. 우유. 맑은장국. 두부가 있으면 좋으련만. 두부 된장국. 쌀밥. 떡. 맛있는 건 뭐든지, 내가 가진 걸 몽땅 팔아서라도 어머니를 대접해드리자.

나는 일어나 응접실로 갔다. 그리고 응접실 소파를 방 앞 툇마루 가까이로 옮기고 어머니의 얼굴이 잘 보이게 앉았다. 쉬고 계시는 어머니의 얼굴은 전혀 환자 같지 않았다. 해맑은 눈이 아름다웠고 안색도 생기를 띠고 있었다. 매일 아침 규칙적으로 일어나 세수한 다음, 욕실에서 손수 머리를 매만지고 몸단장을 깔끔히 하고 나서 이부자리로 돌아와 그 자리에서 앉은 채로 식사를 마치신다. 그러고는 이부자리에 누웠다 일어났다 하시며 오전 내내 신문이나 책을 읽으시는데, 열이 나는 것은 늘 오후가 되어서다.

'아아, 어머니는 건강하신 거야. 틀림없어, 괜찮아.'

나는 마음속으로 미야케 선생님의 진단을 강하게 부정했다.

10월이 되면, 국화꽃 필 무렵이면, 하고 생각하다가 나는 꾸벅꾸벅 선잠이 들고 말았다. 현실에서는 내가 한 번도 본 적이 없는 풍경인데도 꿈속에서 가끔 그 풍경을 보며 아아, 또 여길 왔네 싶은 낯익은 숲속 호숫가로 나는 갔다. 나는 일본 옷 차림의 청년과 발소리도 내지 않고 함께 걷고 있었다. 풍경 전체를 초록빛 안개가 에워싼 느낌이었다. 그리고 호수 바닥에는 하얀색 가느다란 다리가 잠겨 있었다.

"아아, 다리가 잠겼잖아. 오늘은 아무 데도 못 가. 이곳 호텔에 묵어야겠어. 빈방이 분명 있었거든."

호숫가에 돌로 지은 호텔이 있었다. 그 호텔의 돌은 초록빛 안개에 촉촉이 젖어 있었다. 돌문 위에 금박으로 가늘게 HOTEL SWITZERLAND라는 글자가 새겨져 있었다. SWI까지 읽다가 불현듯 어머니를 떠올렸다. 어머니는 무얼 하고 계시려나? 어머니도 이 호텔에 오실까? 하고 궁금해졌다.

그리고 청년과 함께 돌문을 지나 앞뜰로 들어갔다. 안개 낀 마당에 수국처럼 탐스러운 붉은 꽃이 타오르듯 피어 있었다. 어릴 적, 이불 무늬로 새빨간 수국이 흩어져 있는 것을 보고 괜스레 슬펐는데, 역시 붉은 수국이 정말로 있나 보다 싶었다.

"안 추워?"

"응, 조금. 안개에 귀가 젖어서 차가워."

그리고 웃으며 물었다.

"어머니는 무얼 하고 계실까?"

그러자 청년은 무척 슬프고도 푸근한 미소로 대답했다.

"그분은 무덤 안에 계시지."

"아아!"

나는 외마디 비명을 질렀다. 그렇다. 어머니는 이제 안 계신다. 어머니의 장례도 오래전에 치르지 않았던가. 아아, 어머니는 벌써 돌아가셨다고 깨닫자 이루 다 말할 수 없는 쓸쓸함에 몸서리치다 잠이 깼다.

베란다에는 어느새 땅거미가 졌다. 비가 내리고 있었다. 초록빛 쓸쓸함이 꿈 그대로 주위를 가득 메우고 있었다.

"어머니!"

내가 부르자 조용한 목소리로 대답이 돌아왔다.

"뭐 하니?"

나는 너무 기쁜 나머지 벌떡 일어나서 방으로 갔다.

"방금, 깜빡 잠이 들었어요."

"그래? 뭘 하고 있나 생각했다. 낮잠이 길었구나."

어머니는 재미있다는 듯 웃으셨다.

나는 어머니가 이처럼 우아하게 숨 쉬며 살아 계신다는 사실이 너무나 기쁘고 고마워서 눈물을 글썽이고 말았다.

"저녁 메뉴는? 드시고 싶은 거 있어요?"

나는 다소 들뜬 어조로 물었다.

"아니야, 아무것도 필요 없어. 오늘은 39도 5부까지 올라갔어."

나는 단박에 납작해지며 풀이 죽었다. 그리고 어찌할 바를 몰라 어둑한 방 안을 멍하니 둘러보다가 문득 죽고 싶어졌다.

"어떻게 된 거죠? 39도 5부라니."

"아무 일도 아니다. 그저 열이 나기 전이 좀 힘들 뿐이야. 머리가 지끈거리고 오한이 들다가 열이 나는구나."

밖은 벌써 어둑해졌고 비는 그쳤지만, 바람이 불기 시작했다. 전등을 켜고 식당으로 가려는데 어머니가 말씀하셨다.

"눈부시니까, 불 좀 꺼주렴."

"컴컴한 데서 가만히 누워 계시는 거, 싫지 않아요?"

선 채로 여쥈다.

"눈을 감고 누워 있으면 마찬가지야. 하나도 안 쓸쓸해. 오히려 눈부신 게 싫어. 앞으로도 방 전등은 늘 꺼두렴."

나에게는 이 또한 불길한 느낌이었다. 말없이 방 전등을 <u>끄</u>고 옆방으로 가서 스탠드를 켰다. 참을 수 없이 쓸쓸해져서 황급히 식당으로 가서는 통조림 연어를 찬밥에 얹어 먹는데 뚝뚝 눈물이 떨어졌다.

밤이 되자 바람은 더욱더 거세게 불다가 9시쯤부터 비도 섞여 진짜 폭풍우가 되었다. 이삼일 전에 감아올린 툇마루 끝의 발이 덜컹덜컹 소리를 냈고, 나는 옆방에서 로자 룩셈부르크Rosa Luxemburg(1871~1919. 독일에서 활동한 폴란드 출신의 사회주의 이론가이자 혁명가, 경제학자—옮긴이)의 《경제학 입문》을 기묘한 흥분 속에 읽고 있었다.

이 책은 얼마 전 2층 나오지의 방에서 가져왔다. 그때 이 책과 함께 레닌(블라디미르 레닌Vladmir Lenin, 1870~1924. 제정 러시아의 사회주의 혁명가이자 소련을 건국한 정치인. 마르크스주의자—옮긴이) 선집, 카우츠키(카를 카우츠키Karl Kautsky, 1854~1938. 독일의 마르크스주의 경제학자, 역사가, 정치가—옮긴이)의 《사회 혁명》 등도 무단으로 가져와 옆방 내 책상 위에 올려놓았는데, 어머니가 아침에 세수를 끝내고 내 책상 옆을 지나다 문득 그 세 권의 책을 발견하고 하나씩 손에 들고 바라보며 낮게 한숨을 쉬시더니 다시 가만히 책상 위에 놓고는 씁쓸한 표정으로 내 쪽을 흘깃 보았다. 하지만 그 눈길은 깊은 슬픔에 가득 차 있으면서도 결코 거부나 혐오의 눈길이 아니었다.

어머니가 읽으시는 책은 위고(빅토르 위고Victor Hugo, 1802~1885. 프랑스의 대문호. 시인, 극작가, 소설가. 대표작《레 미제라블》─옮긴이), 뒤마 부자(아버지는 대大 뒤마Alexandre Dumas père, 1802~1870. 프랑스의 극작가, 소설가. 대표작《삼총사》,《몬테크리스토 백작》. 아들은 소小 뒤마Alexandre Dumas fils, 1824~1895. 대표작《춘희》─옮긴이), 뮈세(알프레드 드 뮈세Alfred de Musset, 1810~1857. 프랑스의 시인, 소설가, 극작가─옮긴이), 도데(알퐁스 도데Alphonse Daudet, 1840~1897. 프랑스의 소설가, 극작가─옮긴이) 등인데 나는 그런 감미로운 이야기책에서도 혁명의 냄새가 풍긴다는 것을 알고 있다.

표현이 좀 이상하긴 해도 어머니처럼 '천성적인 교양' 같은 걸 갖춘 분은 의외로 담담히, 당연한 일처럼 혁명을 맞이할 수 있을지도 모른다. 나 역시 이렇게 로자 룩셈부르크의 책을 읽는 나 자신을 아니꼽게 여기기도 하지만, 나름대로 깊은 흥미도 느낀다. 이 책의 내용은 경제학에 관한 것이지만, 경제학으로만 읽는다면 정말 시시하다. 너무나 단순하고 뻔한 사실뿐이다. 아니, 어쩌면 나는 경제학을 전혀 이해하지 못하는 것인지도 모른다. 어쨌든 내겐 너무 따분하다. 인간이란 원래 쩨쩨하며 영원히 쩨쩨하다는 전제가 없으면 도무지 성립되지 않는 학문으로, 쩨쩨하지 않은 사람에게는 분배의 문제건 뭐건 아예 흥미가 없는 것이다.

그런데도 나는 이 책을 읽고 다른 점에서 묘한 흥분을 느낀다. 그것은 이 책의 저자가 아무런 망설임도 없이 낡은 사상을 모조리 파괴해 나가는 저돌적인 용기다. 아무리 도덕을 거스를지라도 사랑하는 사람의 곁으로 거침없이 내달리는 유부녀의 모습마저 떠올리게 된다.

파괴 사상. 파괴는 슬프고 애처롭고 아름답다. 파괴하고 다시 짓고 완성하려는 꿈. 일단 파괴하면 완성할 날이 영원히 오지 않을지도 모르는데, 그렇다 해도 사랑하기 때문에 파괴해야만 한다. 혁명을 일으켜야만 한다. 로자는 마르크시즘에 일편단심 슬픈 사랑을 했다.

12년 전, 겨울의 일이다.

"너는 《사라시나 일기更級日記》(11세기 초의 여성 스가와라노 다카스에노 무스메菅原孝標女가 쓴 회고록. 환상적인 이야기의 세계를 동경하는 소녀 시절부터 남편과 사별할 때까지 약 40년간의 인생 이야기를 담고 있다 ─옮긴이)의 소녀 같아. 너는 무슨 말을 해도 소용없어."

이렇게 말하고 내게서 멀어져간 친구. 그때 그 친구에게 나는 레닌의 책을 읽지 않고 돌려주었다.

"읽었니?"

"미안, 읽지 않았어."

니콜라이 성당이 보이는 다리 위였다.

"왜? 어째서?"

그 친구는 나보다 한 치 정도 키가 더 크고 어학에 재능이 있고, 빨간 베레모가 잘 어울리고 얼굴도 모나리자를 닮았다는 소리를 듣는 아름다운 사람이었다.

"표지 색깔이 싫었어."

"넌 참 이상해. 그게 아니지? 진짜는 내가 무서워진 거지?"

"무섭지 않아. 난, 표지 색깔을 참을 수 없었어."

"그래."

쓸쓸히 말하고는 나를 '사라시나 일기'라 부르며 무슨 말을 해도 소용없다고 단정 지었다.

우리는 잠시 말없이 겨울 강을 내려다보았다.

"안녕. 만약 이것이 영원한 이별이라면, 영원히 안녕. 바이런(조지 고든 바이런George Gordon Byron, 1788~1824. 영국의 낭만파 대표 시인—옮긴이)."

말하고 나서 바이런의 시구를 원문으로 재빨리 읊조리고는 내 몸을 가볍게 안았다.

나는 부끄러워서 "미안해."라고 작은 목소리로 사과하고 오차노미즈お茶の水 역 쪽으로 걸어갔다. 뒤돌아보니 그 친구는 여전히 다리 위에 서서 꼼짝도 하지 않고 나를 물끄러미 쳐다보고 있었다.

그 후 그 친구를 만나지 못했다. 같은 외국인 교사 댁을 드나들었지만, 학교가 달랐기 때문이다.

그로부터 12년이 지났건만, 나는 아직도 《사라시나 일기》에서 한 걸음도 나아가지 못했다. 도대체 나는 그동안 무얼 하고 있었던 걸까? 혁명을 동경한 적도 없고, 사랑조차 알지 못했다.

지금까지 세상의 어른들은 혁명과 사랑, 이 두 가지를 가장 어리석고 께름칙한 것이라고 우리에게 가르쳤다. 전쟁 전에도 전쟁 중에도 우리는 그런 줄로만 믿었으나, 패전 후 우리는 세상의 어른들을 신뢰하지 않게 되었다. 무엇이건 그들이 말하는 것과 반대쪽에 진정한 살길이 있는 것 같았고, 혁명도 사랑도 실은 이 세상에서 제일 좋고 달콤한 일이며, 너무 좋은 것이다 보니 심술궂은 어른들이 우리에게 포도가 시다며 거짓을 가르친 게 틀림없다고 여기게 되었다.

나는 확신하고 싶다. 인간은 사랑과 혁명을 위해 태어난 것이다.

스르륵 맹장지문이 열리더니 어머니가 웃으며 얼굴을 내밀고 말씀하셨다.

"아직 안 잤구나. 졸리지 않니?"

책상 위의 시계를 보니 12시였다.

"네, 하나도 안 졸려요. 사회주의 책을 읽고 있으니 흥분되는걸요."

"그래? 술 없니? 그럴 땐 술을 마시면 잠을 푹 잘 수 있는데."

놀리는 투로 말했는데 그 태도에는 어딘가 데카당과 매우 흡사한 요염함이 있었다.

이윽고 10월이 되었지만 높고 푸른 가을 하늘은 볼 수 없고, 장마철처럼 후텁지근하고 칙칙한 날이 이어졌다. 그리고 어머니의 열은 여전히 매일 저녁 무렵이 되면 38도와 39도 사이를 오르내렸다.

그러던 어느 날 아침, 나는 무서운 것을 보고 말았다. 어머니의 손이 퉁퉁 부어 있는 것이 아닌가. 아침밥이 제일 맛있다고 하시던 어머니도 요사이는 이부자리에 앉아 아주 조금, 가볍게 죽 한 그릇만 드신다. 반찬도 냄새가 심한 건 못 드셔서 그날은 송이버섯 맑은장국을 드렸는데도 역시나 송이버섯 향마저 거북하셨는지 국그릇을 입으로 가져가다 말고 다시 가만히 밥상 위에 돌려놓았다. 그때 나는 어머니의 손을 보고 깜짝 놀랐다. 오른손이 퉁퉁 부어올라 동그래져 있었다.

"어머니! 손, 괜찮아요?"

얼굴도 약간 창백하고 부은 것 같았다.

"괜찮아. 이 정도는 괜찮다."

"언제부터 그런 거예요?"

어머니는 눈이 부신 듯한 얼굴을 하고 아무 말이 없었다. 나는 소리 내어 울고 싶었다. 이런 손은 어머니의 손이 아니다. 낯선 아주머니의 손이다. 내 어머니의 손은 훨씬 가늘고 자그마하다. 내가 잘 아는 손. 부드러운 손. 귀여운 손. 그 손은 영원히 사라져버린 걸까? 왼손은 아직 그다지 붓지 않았지만, 왠지 안쓰러워 바라볼 수가 없어서 나는 시선을 돌려 도코노마床の間(일본식 방의 상좌에 바닥을 방바닥보다 높게 만든 곳으로 벽에는 족자를 걸고 바닥에는 꽃이나 장식물로 꾸며놓는다—옮긴이)의 꽃바구니를 노려보았다.

눈물이 쏟아지려는 걸 참지 못해 벌떡 일어나 식당으로 가니 나오지가 혼자 반숙 달걀을 먹고 있었다. 어쩌다 이곳 이즈의 집에 머문다 해도 밤에는 으레 오사키 씨네 여관에 가서 소주를 마시고, 아침에는 언짢은 얼굴로 밥은 안 먹고 반숙 달걀 네댓 개만 먹고 만다. 그리고는 다시 2층으로 올라가 자다가 깼다가 한다.

"어머니 손이 부어⋯⋯."

나오지에게 이야기하려다 고개를 숙였다. 다음 말을 잇지 못하고 고개를 숙인 채 나는 어깨를 들썩이며 울었다.

나오지는 잠자코 있었다.

나는 얼굴을 들고 테이블 가장자리를 붙잡고 말했다.

"이젠 틀렸어. 넌 몰랐니? 저렇게 부으면 이젠 틀린 거야."

나오지도 침울한 얼굴로 말했다.

"멀진 않겠지. 쳇, 일이 더럽게 재미없어졌네."

"난 다시 낫게 해드리고 싶어. 어떻게든 낫게 해드리고 싶어."

오른손으로 왼손을 꾹 누르고 말하는데 돌연 나오지가 훌쩍훌쩍 울음을 터뜨렸다.

"어째서 좋은 일은 하나도 없는 거야? 우리한텐 좋은 일이 아무것도 없잖아."

주먹으로 눈을 마구 비벼댄다.

그날 나오지는 와다 외삼촌에게 어머니의 용태도 알리고 앞으로의 일에 대해 가르침을 받으러 상경했고, 나는 어머니의 곁을 지킬 때 말고는 아침부터 밤까지 내내 울기만 했다. 아침 안개 속에 우유를 받으러 갈 때도, 거울 앞에서 머리를 매만지면서도, 립스틱을 바르면서도 나는 내내 울었다. 어머니와 함께한 행복한 날들, 이런저런 일들이 그림처럼 떠올라 흘러내리는 눈물을 주체할 수 없었다. 해 질 무렵 어둑해지자 응접실 베란다에 나가서 한참을 흐느껴 울었다. 가을 하늘에는 별이 반짝였고, 발치에는 남의 집 고양이가 웅크리고 앉아 꼼짝도 하지 않았다.

다음 날, 손의 부기는 어제보다도 한층 더 심해졌다. 식사는 아무것도 드시지 않았다. 오렌지 주스도 입안이 헐어 따갑다며 못 마시겠다고 하셨다.

"어머니, 이번에도 나오지의 그 마스크를 해보실래요?"

웃으며 말하려고 했건만 말하는 사이에 괴로워져서 큰 소리로 울고 말았다.

"매일 정신이 없지? 간병인을 두는 건 어떠니?"

조용히 말씀하셨지만, 당신의 건강보다 내 몸을 먼저 걱정하는 마음이 깊이 와닿아 더욱 슬펐다. 나는 자리에서 일어나 욕실로 달려가서 실컷 울었다.

점심때가 조금 지나서 나오지가 미야케 선생님과 간호사 두 명을 데리고 왔다.

언제나 농담을 즐기시던 선생님도 그때만은 화가 나신 듯한 모습으로 성큼성큼 병실에 들어오자마자 진찰을 시작

했다. 그리고 혼잣말처럼 한마디 낮게 중얼거리고는 캠퍼

kamfer(심장 기능을 활성화하는 강심제의 일종─옮긴이) 주사를 놓았다.

"많이 쇠약해지셨군."

"선생님, 숙소는?"

어머니는 헛소리하듯 말씀하셨다.

"이번에도 나가오카입니다. 예약해두었으니 걱정하지 마세요. 환자 분께서는 다른 사람 걱정은 하지 마시고, 드시고 싶은 건 뭐든지 양껏 많이 드셔야 합니다. 영양을 보충하면 좋아집니다. 내일 또 들르지요. 간호사 한 사람을 두고 갈 테니 도움을 받으세요."

선생님은 병상의 어머니를 향해 큰 소리로 말하고 나서 나오지에게 눈짓을 하고 자리에서 일어났다.

나오지 혼자 선생님과 간호사를 배웅하러 나갔는데 잠시 후 돌아온 나오지의 얼굴을 보니 터져 나오려는 눈물을 꾹 참는 듯했다.

우리는 살며시 병실을 나와 식당으로 갔다.

"틀렸대? 그런 거야?"

"제기랄."

나오지는 입술을 일그러뜨리며 웃었다.

"엄청 급격하게 쇠약해지신 모양이야. 오늘내일, 어떻게

될지 알 수 없대."

말하는 사이에 나오지의 눈에서 눈물이 왈칵 쏟아졌다.

"사람들한테 전보를 쳐야겠지?"

나는 오히려 침착해져서 말했다.

"그 문제를 외삼촌과 의논했는데, 지금은 쉽게 사람을 불러모을 수 있는 시기가 아니래. 와준다 해도 이런 비좁은 집에선 오히려 실례되는 일이고, 근처에 변변한 숙소도 없는데다 나가오카 온천에 방을 두세 개씩 예약할 수 있는 형편도 아니고. 이 말은 즉 우리는 이제 가난해서 그런 훌륭하신 분들을 모실 능력이 안 된다는 거야. 외삼촌은 곧 올 테지만, 그 인간은 옛날부터 쩨쩨하고 도통 믿음이 안 가. 어젯밤만 해도 어머니의 병환은 나 몰라라 하고 내게 한바탕 설교를 늘어놓더군. 쩨쩨하게 구는 놈한테 설교를 듣고 정신 차린 사람은 동서고금을 통틀어도 한 명도 없을 거야. 누나랑 동생 사이인데도, 어머니와 그 작자는 하늘과 땅 차이라니까. 정말 싫어."

"그래도 나야 어쨌든 넌 앞으로 외삼촌한테 의지해야……"

"절대! 차라리 거지가 되고 말지. 누나야말로 앞으로 외삼촌한테 잘 매달려보셔."

"난……"

눈물이 났다.

"난 갈 데가 있어."

"혼담이…… 정해졌어?"

"아니."

"그럼 자활? 일하는 아줌마라! 그만둬, 그만둬."

"자활이 아니야. 난 혁명가가 될 거야."

"뭐?"

나오지는 기괴한 표정으로 나를 보았다.

그때 미야케 선생님이 데려온 간호사가 나를 부르러 왔다.

"사모님이 찾으세요."

서둘러 병실로 가서 이불 옆에 앉아 얼굴을 가까이 대고
물었다.

"뭐 드려요?"

하지만 어머니는 뭔가 말하고 싶은 표정으로 잠자코 계셨다.

"물?"

다시 물었다.

힘없이 고개를 젓는 것을 보니 물은 아닌 모양이다.

어머니는 잠시 후 나직한 목소리로 말씀하셨다.

"꿈을 꾸었어."

"그래요? 어떤 꿈?"

"뱀 꿈."

덜컥했다.

"툇마루의 섬돌 위에 빨간 줄무늬의 암뱀이 있을 거야. 보고 오렴."

나는 몸이 오싹해지는 것을 느끼며 벌떡 일어나 툇마루로 나갔다. 유리문 너머로 보니 섬돌 위에 뱀이 가을 햇볕을 쬐며 기다랗게 누워 있었다. 나는 어찔어찔 현기증이 났다.

'난 너를 알아. 넌 그때 비해 약간 몸집이 커지고 늙었지만, 내가 알을 태운 바로 그 암뱀이야. 너의 복수심은 이제 나도 잘 알았으니 저리 가. 냉큼 물러가.'

마음속으로 빌며 그 뱀을 지켜보았으나 뱀은 꿈쩍도 하지 않았다. 나는 왠지 간호사에게 그 뱀을 보여주고 싶지 않았다. 쿵 하고 힘껏 발을 구르며 말했다.

"없어요. 어머니, 꿈 따윈 믿을 게 못 돼요."

일부러 과장되게 큰 소리로 말하고 힐끗 섬돌 쪽을 보니 뱀은 그제야 몸을 뒤척이며 돌에서 스르르 미끄러져 내려갔다.

이젠 끝장이야. 다 끝났어. 그 뱀을 보자 비로소 내 가슴 밑바닥에서 체념이 솟아올랐다. 아버지가 돌아가셨을 때도 머리맡에 작고 까만 뱀이 있었다고 했고, 또 그때 마당의 모든 나무에 뱀이 휘감겨 있던 것을 보았다.

어머니는 이부자리에 일어나 앉을 기력도 잃은 듯 늘 선잠에 취해서 이젠 완전히 몸을 간호사에게 내맡겼고 음식도 거의 못 넘기는 것 같았다. 뱀을 보고 나서 나는 슬픔의 바닥을 뚫고 나온 마음의 평안이랄까, 그런 행복감 비슷한 마음의 여유가 생겨나 이제부터는 가능한 한 오로지 어머니의 곁에 있어야겠다고 생각했다.

그리고 그 이튿날부터 어머니의 머리맡에 딱 붙어 앉아 뜨개질을 했다. 나는 뜨개질이건 바느질이건 남보다 훨씬 빠른 대신 서툴렀다. 그래서 어머니는 항상 그 서툰 부분을 일일이 손을 잡고 가르쳐주시곤 했다. 그날도 나는 굳이 뜨개질할 마음은 없었지만, 어머니 곁에 내내 달라붙어 있어도 어색하지 않게 모양새를 갖추기 위해 털실 상자를 꺼내놓고 뜨개질을 하는 데 여념이 없었다.

어머니는 내 손놀림을 가만히 지켜보다가 불쑥 말씀하셨다.

"네 양말을 뜨는 거지? 그럼 여덟 코 정도는 더 늘려야 신을 때 편할 거다."

나는 어릴 적 아무리 배워도 영 뜨개질이 서툴기만 했는데, 그때처럼 허둥대고 창피하고 그립고, 아아, 이젠 이렇게 어머니에게 배우는 것도 마지막이구나 생각하니 그만 눈물이 그렁그렁 맺히며 뜨개바늘 코가 보이지 않았다.

어머니는 이처럼 누워 계실 때는 전혀 고통스러워 보이지 않았다. 식사는 이미 오늘 아침부터 아무것도 드시지 못해서 거즈에 찻물을 적셔 이따금 입술만 축여드릴 뿐이었다. 하지만 의식은 또렷해서 가끔 내게 차분히 말을 건넸다.

"신문에 폐하의 사진이 실린 모양인데, 한 번 더 보여주렴."

나는 신문의 그 부분을 어머니의 얼굴 위에 펼쳐 들었다.

"늙으셨구나."

"아니에요. 사진이 잘못 나왔어요. 지난번 사진에는 아주 젊고 쾌활해 보였어요. 오히려 이런 시대를 기뻐하실 거예요."

"어째서?"

"그야, 폐하도 이번에 해방이 되셨잖아요."

어머니는 쓸쓸히 웃으셨다. 그리고 잠시 후 말씀하셨다.

"울고 싶어도 이젠 눈물이 나지 않는구나."

나는 어머니가 지금 행복한 게 아닐까, 하고 문득 생각했다. 행복감이란 비애의 강바닥에 가라앉아 희미하게 반짝이는 사금 같은 것이 아닐까? 슬픔의 극한을 지나 신비하게 반짝이는 희미한 불빛을 보는 기분. 이런 게 행복감이라면 폐하도 어머니도 그리고 나도, 분명 지금 행복한 거다. 고요한 가을날의 오전, 햇살이 따사로운 가을날의 마당. 나는 뜨개질을 멈추고 가슴 높이에서 반짝이는 바다를 바라보며 말했다.

"어머니. 전 지금까지 세상 물정을 너무 몰랐나 봐요."

그러고는 좀 더 하고 싶은 말이 있었지만, 방 한쪽에서 정맥주사를 놓을 준비를 하는 간호사가 들을까 부끄러워서 입을 다물었다.

"지금까지라니……."

어머니는 엷은 웃음을 띠며 따지듯 말씀하셨다.

"그럼, 지금은 세상을 알 것 같니?"

나는 무엇 때문인지 얼굴이 새빨개졌다.

"세상이란 알 수 없는 거야."

어머니는 얼굴을 딴 데로 돌리고 혼잣말처럼 나직이 말씀하셨다.

"난 모르겠어. 아는 사람이 있으려나? 아무리 세월이 흘러도 모두 어린애야. 아는 게 아무것도 없어."

하지만 나는 살아가야만 한다. 아직 어린애일지도 모르지만, 그렇다고 어리광만 부리고 있을 수는 없다. 나는 이제부터 세상과 맞서 싸워야만 한다. 아아, 어머니처럼 남들과 싸우지 않고 미워하지도 않고 원망하지도 않고 아름답고 슬프게 삶을 마감할 수 있는 사람은 이제 어머니가 마지막이고 더는 이 세상에 존재할 수 없는 게 아닐까?

죽어가는 사람은 아름답다. 산다는 것. 살아남는다는 것.

그건 몹시 추하고 피비린내 나는, 추잡한 일처럼 느껴진다. 새끼를 배고 구멍을 파는 뱀의 모습을, 나는 다다미 위에서 상상해보았다. 하지만 내가 끝내 단념하지 못하는 게 있다. 야비해도 돼. 나는 살아남아서 마음먹은 일을 이루기 위해 세상과 맞서 싸울 거야.

결국 어머니가 돌아가신다는 것이 분명해지자, 나의 로맨티시즘과 감상 따위는 점차 사라지고 어쩐지 나 자신이 방심할 수 없는 교활한 생물로 변해가는 기분이었다.

그날 점심때쯤 내가 어머니의 곁에서 입술을 축여드리고 있는데 문 앞에 자동차가 와서 멈춰 섰다. 와다 외삼촌이 외숙모와 함께 도쿄에서 자동차로 급히 달려와주셨다. 외삼촌이 병실에 들어와서 어머니의 머리맡에 말없이 앉자, 어머니는 손수건으로 당신의 얼굴을 반쯤 가리고 외삼촌의 얼굴을 응시한 채 우셨다. 하지만 울상이 되었을 뿐 눈물은 나오지 않았다. 인형 같았다.

"나오지는 어딨니?"

잠시 후 어머니가 내 쪽을 보고 물으셨다.

나는 2층으로 올라가서 소파에 드러누워 신간 잡지를 읽고 있는 나오지에게 말했다.

"어머니가 찾으셔."

"아아, 또 눈물바다인가? 당신들은 용케도 잘 참고 버티시는군. 신경이 둔한 모양이야. 박정한 사람들. 난 너무나 괴롭고 마음이야 불같이 뜨겁지만, 육체가 허약해서 도저히 어머니 곁에 있을 기력이 없어."

이렇게 말하며 겉옷을 입고 나와 함께 2층에서 내려왔다.

둘이서 나란히 어머니의 머리맡에 앉자 어머니는 갑자기 이불 속에서 손을 내밀어 말없이 나오지 쪽을 가리키고, 그다음엔 나를 가리켰다. 그러고는 외삼촌 쪽으로 얼굴을 돌리고 양쪽 손바닥을 맞대었다.

외삼촌은 크게 고개를 끄덕이고 말했다.

"아아, 알겠습니다. 알았어요."

어머니는 안심하신 듯 눈을 살포시 감고 손을 이불 속으로 가만히 넣었다.

나도 울고, 나오지도 고개를 숙인 채 오열했다.

그때 미야케 선생님이 나가오카에서 오셔서 우선 주사를 놓았다. 어머니도 외삼촌을 만나고 나서는 이제 마음에 걸리는 게 없다고 생각했는지 이런 말씀을 하셨다.

"선생님, 어서 편히 쉬게 해주세요."

미야케 선생님과 외삼촌은 얼굴을 마주 보며 말이 없었다. 두 사람의 눈에 눈물이 반짝였다.

나는 일어나 식당에 가서 외삼촌이 좋아하는 유부 우동을 만들어 선생님과 나오지, 외숙모 것까지 4인분을 응접실로 가지고 갔다. 그리고 외삼촌이 가져온 마루노우치 호텔의 샌드위치를 어머니에게 보여드리고 머리맡에 놓자 어머니는 나직이 말씀하셨다.

"바쁘구나."

응접실에서 모두가 잠깐 잡담을 나누었고, 외삼촌과 외숙모는 오늘 밤 반드시 도쿄에 돌아가야만 할 일이 있다면서 나에게 위로금 봉투를 건넸다. 미야케 선생님도 간호사와 함께 돌아가게 되어 간병인으로 와 있는 간호사에게 여러 가지 처방 방법을 일러주었다. 어쨌든 아직 의식은 또렷하고 심장도 그리 쇠약해진 게 아니니 주사만으로도 앞으로 사오일은 괜찮을 거라 하시기에 그날은 일단 모두 차를 타고 도쿄로 떠났다.

모두를 배웅하고 나서 방으로 가니 어머니가 늘 내게만 지어 보이는 다정한 미소로 다시 속삭이듯 나직이 말했다.

"바빴지?"

그 얼굴은 생기가 돌며 오히려 빛이 나는 것 같았다. 외삼촌을 만날 수 있어서 기뻤던 거라고 나는 짐작했다.

"아니에요."

나도 조금 들뜬 기분으로 방긋 웃었다.

그리고 이것이 어머니와의 마지막 대화였다.

그러고 나서 세 시간쯤 지나 어머니는 돌아가셨다. 고즈 넉한 가을날의 저녁 무렵, 간호사가 맥을 짚고 나오지와 나, 단 두 사람의 혈육이 지켜보는 가운데 일본의 마지막 귀부 인이었던 아름다운 어머니가.

돌아가신 어머니의 얼굴은 거의 그대로였다. 아버지의 경 우는 금방 안색이 변했지만, 어머니의 낯빛은 조금도 변하 지 않고 호흡만 멎었다. 그 호흡이 멎은 게 언제인지도 확실 히 알 수 없을 정도였다. 얼굴의 부기도 전날부터 빠지기 시 작해서 뺨이 밀랍처럼 매끄러웠고 얇은 입술은 살짝 일그러 진 채 미소를 머금은 듯 살아 있는 어머니보다 탐스러웠다. 나는 피에타(성모 마리아가 그리스도의 시신을 안고 애도하는 모습을 표 현한 그림이나 조각상의 통칭. 흔히 로마의 성 베드로 대성당 입구에 있는 미 켈란젤로의 조각상을 가리킨다. 피에타pietà는 이탈리아어로 경외, 연민, 공경 심을 의미한다—옮긴이)의 마리아를 닮았다고 생각했다.

6

전투, 개시.

언제까지나 슬픔에 잠겨 있을 수만은 없었다. 나에게는 무슨 일이 있어도 쟁취해야 할 것이 있었다. 새로운 윤리. 아니, 이렇게 말하는 건 위선이다. 사랑. 그뿐이다. 로자가 새로운 경제학에 의지하지 않고는 살아갈 수 없었던 것처럼 나는 지금 사랑 하나에 매달리지 않고는 살아갈 수 없다.

예수님이 이 세상의 종교인, 도덕가, 학자, 권력자의 위선을 파헤치고 하느님의 진정한 애정이라는 것을 한 치의 망설임도 없이 있는 그대로 사람들에게 전해주기 위해 열두 제자를 각지에 파견할 때 제자들에게 들려준 가르침은 지금 나의 경우와도 전혀 무관하지 않은 듯 여겨졌다.

"너희 전대에 금이나 은이나 동을 가지지 말고 여행을 위하여 배낭이나 두 벌 옷이나 신이나 지팡이를 가지지 말라.

보라. 내가 너희를 보냄이 양을 이리 가운데로 보냄과 같도다. 그러므로 너희는 뱀같이 지혜롭고 비둘기같이 순결하라. 사람들을 삼가라. 그들이 너희를 공회에 넘겨주겠고 그들의 회당에서 채찍질하리라. 또 너희가 나로 말미암아 총독들과 임금들 앞에 끌려가리니 이는 그들과 이방인들에게 증거가 되게 하려 하심이라. 너희를 넘겨줄 때 어떻게 또는 무엇을 말할까 염려하지 말라. 그때 너희에게 할 말을 주시리니 말하는 이는 너희가 아니라 너희 속에서 말씀하시는 이, 곧 너희 아버지의 성령이시니라.

또 너희가 내 이름으로 말미암아 모든 사람에게 미움을 받을 것이나 끝까지 견디는 자는 구원을 얻으리라. 이 동네에서 너희를 핍박하거든 저 동네로 피하라. 내가 진실로 너희에게 이르노니, 이스라엘의 모든 동네를 다 다니지 못하여서 인자人子가 오리라.

몸은 죽여도 영혼은 능히 죽이지 못하는 자들을 두려워하지 말고 오직 몸과 영혼을 능히 지옥에 멸하실 수 있는 이를 두려워하라.

내가 세상에 화평을 주러 온 줄로 생각지 말라. 화평이 아니요, 검을 주러 왔노라. 내가 온 것은 사람이 그 아버지와, 딸이 어머니와, 며느리가 시어머니와 불화하게 하려 함이니, 사람의 원수가 자기 집안 식구리라. 아버지나 어머니를 나보다 더 사랑하는 자는 내게 합당하지 아니하고 아들이 나 딸을 나보다 더 사랑하는 자도 내게 합당하지 아니하며, 또 자기 십자가를 지고 나를 따르지 않는 자도 내게 합당하지 아니하니라. 자기 목숨을 얻는 자는 잃을 것이요, 나를 위하여 자기 목숨을 잃는 자는 얻으리라."(〈마태복음〉 10장 9~10절, 16~20절, 22~23절, 28절, 34~39절 참조.)

전투, 개시.

만약 내가 사랑 때문에 예수님의 이 가르침을 온전히 무슨 일이 있어도 지킬 것을 맹세한다면, 예수님은 나무라실까? 어째서 '연애'가 나쁘고 '사랑'이 좋은 건지, 나는 모르겠다. 똑같은 게 아닐까? 라는 생각이 자꾸만 든다. 무엇인지 잘 모르는 사람을 위해 연애를 위해 그 슬픔을 위해. 몸과 영혼을 나락으로 내던질 수 있는 사람. 아아, 나는 나 자신이야말로 그 사람이라고 주장하고 싶다.

외삼촌의 주도로 이즈에서는 어머니의 장례를 가까운 친지만 모여 조촐하게 치르고 정식 장례는 도쿄에서 마쳤다. 그러고 나서 다시 나오지와 나는 이즈의 산장에서 서로 얼굴이 마주쳐도 대화가 없는, 이유를 알 수 없는 서먹한 생활을 했다.

나오지는 출판업 자본금이라는 명목으로 어머니의 보석들을 죄다 들고 나가 도쿄에서 실컷 마시고 놀다 지치면 이즈의 산장으로 중환자나 다름없는 푸르뎅뎅한 낯으로 비틀거리며 돌아와 자곤 했다. 한번은 댄서로 보이는 앳된 여자애를 데려왔는데 이때만은 나오지도 어지간히 멋쩍어하기에 내가 말했다.

"오늘 나, 도쿄에 좀 다녀와도 되겠니? 오랜만에 친구 집에 놀러가려고. 이삼일 정도 거기서 묵고 올 거니까 네가 집 좀 봐. 식사 준비는 저 아이한테 부탁하면 될 테고."

나오지의 약점을 놓치지 않고 파고들어 말하자면 뱀처럼 지혜롭게 나는 가방에 화장품이며 빵 등을 챙겨 넣고 아주 자연스럽게 그 사람을 만나러 상경할 수 있었다.

도쿄 교외의 오기쿠보荻窪 역 북쪽 출구에서 20분 남짓 걸어가면 그 사람이 전후에 새로 마련한 거처를 찾아갈 수 있다는 이야기를 예전에 나오지한테 얼핏 들은 적이 있다.

초겨울의 찬 바람이 거세게 부는 날이었다. 오기쿠보 역에 내렸을 때는 이미 주위가 어두컴컴했다. 나는 지나가는 사람에게 그 사람의 집 주소를 물어 대강의 방향을 잡고 한 시간 가까이 어둑한 교외의 골목길을 헤매다 너무 불안한 나머지 나도 모르게 눈물을 흘렸다.

엎친 데 덮친 격으로 자갈길 돌부리에 채 게타 끈이 툭 끊기는 바람에 어쩔 줄을 모르고 우두커니 서 있다가 문득 오른쪽 집 두 채 가운데 한 집의 문패가 밤눈에도 희뿌옇게 들어왔다. 거기에 '우에하라'라고 적혀 있는 것 같아 한쪽 발은 버선발인 채 그 집 현관으로 달려가 유심히 문패를 살펴보니 분명 '우에하라 지로'라고 적혀 있긴 했으나 집 안은 어두웠다.

어찌할 바를 몰라 다시 잠깐 우두커니 서 있다가 몸을 내던지는 심정으로 현관 격자문에 쓰러지듯 바싹 달라붙어 양쪽 손끝으로 격자를 어루만지며 나직이 속삭였다.

"실례합니다. 우에하라 씨."

응답은 있었다. 하지만 여자 목소리였다.

현관문이 안쪽에서 열리고 갸름한 얼굴에 고전적인 분위기를 띤, 나보다 서너 살쯤 연상으로 보이는 여자가 현관 어둠 속에서 희미하게 웃으며 물었다.

"누구세요?"

그 말투에는 어떠한 악의나 경계심이 없었다.

"아니요, 저어……."

하지만 나는 내 이름을 미처 대지 못했다. 이 사람에게만은 내 사랑도 묘하게 뒤가 켕겼다. 우물쭈물, 거의 비굴하게 물었다.

"선생님은 안 계시나요?"

"네."

대답하고는 안됐다는 듯이 내 얼굴을 본다.

"그래도 행선지는 대개……."

"멀리 가셨어요?"

"아뇨."

그녀는 이상하다는 듯 한쪽 손을 입에 갖다 대고 말을 이었다.

"오기쿠보예요. 역 앞 시라이시라는 어묵 가게에 가시면 대개 행선지를 알 수 있을 거예요."

나는 뛸 듯이 기뻤다.

"아, 그렇군요."

"어머, 신발이."

그녀의 권유에 따라 현관 안으로 들어간 나는 마루 끝에 앉아 게타 끈을 손쉽게 수선할 수 있는 가죽끈을 받아 게타를 고쳤다. 그사이에 그녀는 촛불을 밝혀 현관으로 가지고 오며 말했다.

"하필 전구 두 개가 다 나갔지 뭐예요. 요즘 전구는 엄청 비싼 데다 어찌나 잘 나가는지. 남편이 있으면 사다 달라고 부탁이라도 할 텐데, 어젯밤에도 그제 밤에도 들어오지 않아 우리는 사흘 밤을 무일푼으로 버티며 일찌감치 잠자리에 들었답니다."

참으로 태평한 웃음을 지으며 말했다. 부인 뒤에는 커다란 눈망울에 좀처럼 사람을 따를 것 같지 않은, 열두세 살 남짓한 깡마른 여자아이가 서 있었다.

적敵. 나는 그렇게 생각하지 않았지만, 이 부인과 아이는 언젠가 나를 적이라 여기고 미워할 게 틀림없다. 그렇게 생각하니 나의 사랑도 순식간에 싸늘히 식어버린 듯한 느낌이었다.

게타 끈을 갈아 끼우고 일어나 손을 탁탁 마주쳐 양손의 먼지를 털어내면서 걷잡을 수 없이 엄습해 오는 쓸쓸함을 참다못해 방으로 뛰어 올라가 깜깜한 어둠 속에서 부인의 손을 잡고 울어버릴까, 갈팡질팡 크게 동요했지만, 문득 그렇게 하고 난 뒤 뻔뻔하고 뭐라 형언하기 힘든 볼썽사나운 내 모습을 떠올리고는 질색했다.

"고마웠습니다."

지나칠 정도로 공손하게 머리를 숙여 인사하고 밖으로 나왔다. 찬바람을 맞으며 전투, 개시. 사랑해. 좋아해. 그리워. 진짜 사랑해. 진짜 좋아해. 진짜 그리워. 보고 싶으니까 어쩔 수 없어. 좋아 죽겠어. 그리워 미치겠어. 그 부인은 분명 보기 드물게 좋은 분. 딸도 예뻤어. 하지만 나는 하느님의 심판대에 세워진다 한들 조금도 나를 꺼림칙하게 여기지 않아. 인간은 사랑과 혁명을 위해 태어난 거야. 하느님이 벌하실 리가 없어. 난 털끝만큼도 잘못한 게 없어. 진짜 좋아하니까 대놓고 당당하게, 그 사람을 한 번 만날 때까지 이틀 밤이건 사흘 밤이건 들판에서 지새우더라도 기필코.

역 앞의 시라이시라는 어묵 가게는 금방 찾았다. 하지만 그 사람은 없었다.

"아사가야阿佐ヶ谷예요, 틀림없이. 아사가야 역 북쪽 출구에서 곧장 가시면, 글쎄요, 150미터쯤? 철물점이 나올 거예요. 거기서 오른쪽으로 들어가 50미터쯤? 야나기야라는 조그만 음식점이 있어요. 선생님은 요즘 야나기야의 오스테 씨와 뜨거운 사이라서 죽치고 살죠. 못 말려요."

역으로 가서 표를 사고 도쿄행 전차를 타고 아사가야에서 내려 북쪽 출구에서 직진으로 약 150미터, 철물점에서 오른쪽으로 돌아 50미터. 야나기야는 고요했다.

"방금 나가셨는데, 일행들과 같이 이제부터 니시오기西荻의 '지도리'에 가서 밤새도록 마실 거라더군요."

나보다 젊고 다소곳하고 고상하고 친절해 보이는 이 여자가 바로 그 사람과 뜨거운 사이라는 오스테일까?

"지도리? 니시오기의 어디쯤이죠?"

조급해서 눈물이 쏟아질 것 같았다. 나는 지금 미쳐버린 게 아닐까? 문득 생각했다.

"잘은 모르겠지만, 글쎄, 니시오기 역에서 내려서 남쪽 출구에서 왼쪽으로 돌아간 곳이라던가. 아무튼 파출소에 가서 물어보시면 알 수 있지 않을까요? 어차피 한 군데로는 성에 차지 않는 사람이라, 지도리에 가기 전에 또 어딘가에 들를지도 몰라요."

"지도리로 가볼게요. 안녕히 계세요."

다시 돌아가기. 아사가야에서 다치카와立川행 전차를 타고 오기쿠보로. 니시오기 역의 남쪽 출구에서 내려 찬바람을 맞으며 헤매다 파출소를 발견하고 지도리로 가는 길을 물었다. 그러고는 파출소에서 가르쳐준 대로 밤길을 내달리다시피 걸어 지도리의 푸른 등롱을 발견하고 서슴없이 격자문을 열었다.

토방이 있고 바로 앞 작은 방은 담배 연기로 자욱한데, 열 명 남짓한 사람들이 커다란 탁자를 둘러싸고 왁자지껄 소란스럽게 술판을 벌이고 있었다. 나보다 어려 보이는 아가씨 셋도 한데 어울려 담배를 피우고 술을 마시고 있었다.

나는 토방에 서서 쭈욱 둘러보다가, 찾았다. 꿈을 꾸는 기분이었다. 그런데 다르다. 6년. 이미 전혀 딴사람이 되어 있었다.

이 사람이 나의 무지개, M·C, 내 삶의 보람, 그 사람일까? 6년. 헝클어진 머리카락은 옛날 그대로지만 애처롭게도 불그죽죽하게 듬성듬성해졌고, 누렇게 뜬 얼굴에 눈가가 빨갛게 짓무르고 앞니가 빠진 데다 연신 입을 우물거려서 늙은 원숭이 한 마리가 방 한구석에 구부정하게 앉아 있는 느낌이었다.

아가씨 한 명이 나를 알아보고 눈짓으로 우에하라 씨에게 내가 온 것을 알렸다. 그 사람은 앉은 채 가늘고 긴 목을 빼고 내 쪽을 보더니 아무 표정도 없이 턱짓으로 들어오라는 신호를 보냈다. 좌중은 내게 아무런 관심도 없는 듯 계속 왁자지껄 떠들어대면서도 조금씩 좁혀 앉아 우에하라 씨의 오른편에 내 자리를 만들어주었다.

나는 말없이 앉았다. 우에하라 씨는 내 컵에 찰랑찰랑 넘치도록 술을 따라주고 자신의 컵에도 술을 더 따르고는 목쉰 소리로 나직이 말했다.

"건배."

두 개의 컵이 힘없이 부딪쳐 쩽 하는 슬픈 소리가 났다.

기요틴(단두대) 기요틴 슈르슈르슈, 하고 누군가 말하면 거기에 맞춰 또 다른 사람이 기요틴 기요틴 슈르슈르슈. 그리고 쨍, 소리 나게 컵을 맞부딪치고 꿀꺽 마신다. 기요틴 기요틴 슈르슈르슈, 기요틴 기요틴 슈르슈르슈, 여기저기서 엉터리 노래가 튀어나오고 분주히 컵을 부딪치고 건배한다. 그런 우스꽝스러운 리듬으로 흥을 돋우고 억지로 술을 목구멍으로 흘려 넣는 것 같았다.

"이만, 실례."

말하고 비틀거리며 돌아가는 사람이 있는가 하면, 다시 새로운 손님이 슬며시 들어와 우에하라 씨에게 잠깐 인사만 건네고 좌중에 끼어든다.

"우에하라 씨, 거기, 우에하라 씨, 거기 말인데요, '아아아'라는 부분이요. 거기는 어떤 식으로 하는 게 좋을까요? '아, 아, 아'입니까? '아아, 아'입니까?"

몸을 쑥 내밀고 묻는 사람은 무대에 선 그 얼굴을 나도 분명히 기억하는 신극新劇(신파극 따위의 구극에 대하여 외국의 근대극의 영향을 받아 나타난 새로운 연극—옮긴이) 배우 후지타다.

"'아아, 아'라네. '아아, 아, 지도리의 술은 너무 비싸.' 같은 식이지."

우에하라 씨의 말.

"만날 돈 타령은."

아가씨의 말.

"참새 두 마리에 1전이면 비싼가요, 싼가요?"

젊은 신사의 말.

"'호리毫釐라도 남김이 없이 다 갚기 전에는'(《마태복음》 5장 26절)이라는 말도 있고, '한 사람에게는 금 다섯 달란트를, 한 사람에게는 두 달란트를, 한 사람에게는 한 달란트를'(《마태복음》 25장 15절) 같은 엄청 까다로운 우화도 있으니, 그리스도도 계산은 무척 깐깐해."

다른 신사의 말.

"게다가 그 작자는 술꾼이었어. 이상하게 성경에는 술과 관련된 우화가 많다 싶었는데 아니나 다를까, '보라, 술을 즐기는 자'라고 비난받았다고 성경에 기록되어 있거든. 술을 마시는 자가 아니라 술을 즐기는 자라 했으니 상당한 술꾼인 게 틀림없어. 됫술로 마신 거야."

또 다른 한 신사의 말.

"그만해, 그만해. 아아, 아, 그대들은 도덕에 겁먹고 예수를 핑계 삼으려 하는도다. 지에코, 마시자고. 기요틴 기요틴 슈르슈르슈."

우에하라 씨는 가장 어리고 아름다운 아가씨와 쨍 하고

컵을 세게 부딪치고 꿀꺽 마셨다. 술이 입가로 흘러내려 턱이 젖자 거칠게 손바닥으로 훔치고는 요란한 재채기를 대여섯 번 연거푸 했다.

나는 슬그머니 일어나 옆방으로 가서 환자처럼 창백하게 야윈 여주인에게 화장실이 어딘지 묻고, 다시 돌아오면서 그 방을 지나는데 아까 본 가장 예쁘고 어린 지에코라는 아가씨가 나를 기다렸다는 듯이 서 있었다.

"배고프지 않아요?"

사근사근하게 웃으며 묻는다.

"네, 그런데 전, 빵을 가져왔어요."

"아무것도 없지만."

환자 같은 여주인은 나른한 듯 직사각형의 목제 화로에 비스듬히 기대어 앉은 채 말했다.

"이 방에서 식사하세요. 저런 술고래들을 상대하다간 밤새 아무것도 못 먹으니까. 여기 앉아요. 지에코도 같이."

"어이, 기누짱, 술이 없어!"

옆방에서 신사가 외친다.

"네, 네."

대답하며 기누짱이라는 서른 안팎의 세련된 줄무늬 기모노를 입은 여급이 술병을 쟁반에 열 병가량 올리고 부엌에서 나타났다.

"잠깐만."

여주인이 불러세웠다.

"여기도 두 병."

웃으며 말하고 덧붙인다.

"기누짱, 미안하지만 뒷집 스즈야에 가서 우동 두 그릇 좀 빨리 부탁해."

나와 지에코는 화롯가에 나란히 앉아 손을 쬐었다.

"방석을 깔아요. 추워졌어요. 마실래요?"

여주인은 자신의 찻잔에 술을 따르고 다른 두 찻잔에도 술을 따랐다.

그리고 우리 세 사람은 말없이 마셨다.

"모두 술이 세군요."

여주인은 왠지 숙연해진 말투로 말했다.

드르륵 바깥문이 열리는 소리가 들렸다.

"선생님, 가져왔습니다."

젊은 남자의 목소리였다.

"워낙에 우리 사장님이 빈틈이 없잖아요. 2만 엔을 졸랐습니다만 겨우 1만 엔."

"수표인가?"

우에하라 씨의 쉰 목소리.

"아뇨, 현금입니다. 죄송합니다."

"괜찮아, 영수증을 써주겠네."

기요틴 기요틴 슈르슈르슈. 그사이에도 건배 노래가 끊임 없이 좌중에 이어지고 있다.

"나오지 씨는?"

여주인이 진지한 얼굴로 지에코에게 물었다. 나는 움찔했다.

"몰라요. 제가 나오지 씨를 감시하는 사람도 아니고."

지에코는 당황해서 애처롭게 낯을 붉혔다.

"요즘, 우에하라 씨와 뭐 안 좋은 일이라도 있나? 늘 붙어 다니더니."

여주인은 차분히 말했다.

"댄스를 좋아하게 됐다네요. 댄서 애인이라도 생겼겠죠."

"나오지 씨도 참, 술에다 또 여자까지. 칠칠치 못하게."

"선생님한테 배운 거죠."

"그래도 나오지 씨가 더 나빠. 그런 쓰레기 같은 도련님 은……."

"저어……."

나는 겸연쩍은 미소를 지으며 끼어들었다. 잠자코 있다가 는 도리어 이 두 사람에게 실례가 될 것 같았다.

"제가 나오지의 누나예요."

여주인은 깜짝 놀라며 내 얼굴을 다시 살폈지만 지에코는 태연히 말했다.

"어쩐지 얼굴이 똑 닮았더라니. 아까 어둑한 토방에 서 계신 걸 보고 흠칫 놀랐어요. 나오지 씬가 하고."

"그런가요?"

여주인은 바뀐 어조로 물었다.

"이런 누추한 곳까지 찾아오시다니. 그런데 우에하라 씨와는 전부터?"

"네, 6년 전에 처음 뵙고……."

말을 잇지 못하고 고개를 숙이자 눈물이 날 것 같았다.

"다녀왔어요."

여급이 우동을 가져왔다.

"드세요, 식기 전에."

여주인이 권했다.

"잘 먹겠습니다."

우동에서 올라오는 뜨거운 김에 얼굴을 묻고 후루룩후루룩 우동을 먹으며 나는 지금이야말로 살아 있다는 쓸쓸함의 극한을 맛보고 있다는 느낌이 들었다.

기요틴 기요틴 슈르슈르슈, 기요틴 기요틴 슈르슈르슈,

나직이 읊조리며 우에하라 씨가 우리가 있는 방으로 들어왔다. 내 옆에 털썩 책상다리를 하고 앉아 말없이 여주인에게 큼직한 봉투를 건넸다.

"이것만 주고 나머지는 퉁치려고 하면 안 돼요?"

여주인은 봉투 속을 보지도 않은 채 화로에 달린 서랍에 집어넣고 웃으며 말했다.

"줄게. 나머지는 내년이야."

"저렇다니까."

1만 엔. 그 정도면 전구를 몇 개나 살 수 있을까? 나는 그 정도면 1년을 편히 지낼 수 있다.

아아, 이 사람들은 뭔가 잘못된 거야. 하지만 이 사람들도 내 사랑의 경우와 마찬가지로 이렇게라도 하지 않고는 살아갈 수 없는지도 모른다. 사람은 이 세상에 태어난 이상, 어떻게든 죽을 때까지 살아야만 한다면, 이 사람들이 죽을 때까지 살아내기 위해서 이런 모습을 보이는 것도 미워할 수 없는 게 아닌가. 살아 있다는 것. 살아 있다는 것. 아아, 이 얼마나 버겁고 숨이 턱턱 막히는 대사업인가!

옆방의 신사가 말한다.

"어쨌거나. 앞으로 도쿄에서 생활하기 위해선 '반갑습다.' 같은 경박하기 그지없는 인사를 태연하게 할 수 없다면 엄청 힘들 거야. 지금 우리에게 중후하다느니 성실하다느니 그런 미덕을 요구하는 건 목을 매단 사람의 발을 잡아당기는 격이지. 중후? 성실? 개나 주라고 해. 그렇게 어떻게 살아갈 수 있겠어? 만약에 반갑습다를 가볍게 내뱉지 못한다면, 이제 길은 세 가지밖에 없어. 하나는 귀농, 또 하나는 자살, 다른 하나는 기둥서방."

다른 신사가 말을 잇는다.

"이 가운데 한 가지도 못하는 불쌍한 녀석들에게 마지막 유일한 수단은 우에하라 지로에게 빌붙어서 코가 비뚤어지게 퍼마시기."

기요틴 기요틴 슈르슈르슈, 기요틴 기요틴 슈르슈르슈.

"잘 데가 없겠지?"

우에하라 씨가 나지막하게 혼잣말처럼 중얼거렸다.

"저요?"

나는 나를 향해 대가리를 쳐든 뱀을 의식했다. 적의. 이와 흡사한 감정으로 나는 내 몸을 긴장시켰다.

"혼숙할 수 있을까? 춥기도 하고."

우에하라 씨는 나의 분노는 아랑곳하지 않고 중얼거린다.

"무리예요."

여주인이 중간에 끼어들었다.

"가엾잖아요."

우에하라 씨는 "쳇!" 하고 혀를 차더니 나무라듯 말했다.

"그렇담, 이런 델 오지 말았어야지."

나는 잠자코 있었다. 이 사람은 분명 내 편지를 읽었다. 그리고 누구보다도 나를 사랑하고 있다. 나는 그가 말하는 분위기에서 재빨리 알아챘다.

"어쩔 수 없지. 후쿠이 씨한테 부탁해볼까? 지에코, 데려가 주겠어? 아니지, 여자들만 가기에는 길이 위험할까? 성가시게 됐군. 아주머니, 이 사람의 신발을 몰래 부엌 쪽에 갖다 놔요. 내가 바래다주고 올 테니까."

밖은 한밤중이었다. 바람은 다소 잦아들었고 하늘에 별이 총총 빛났다. 우리는 나란히 걸었다.

"전 혼숙이든 뭐든 할 수 있어요."

우에하라 씨는 졸린 소리로 대꾸했다.

"응."

그뿐이었다.

"단둘이 있고 싶었던 거죠? 그렇죠?"

내가 그렇게 말하고 웃자 우에하라 씨는 입술을 일그러뜨리며 쓴웃음을 지었다.

"이래서 밉다니까."

나는 내가 무척 사랑받고 있다는 걸 사무치게 의식했다.

"술을 엄청 드시더군요. 매일 밤 그래요?"

"그래, 매일. 아침부터."

"술이 맛있어요?"

"맛없어."

그렇게 말하는 우에하라 씨의 목소리에 나는 어쩐지 오싹했다.

"일은?"

"잘 안 돼. 뭘 써도 시시하고, 그냥 괜히 슬퍼 죽겠어. 목숨의 황혼. 예술의 황혼. 인류의 황혼. 그것도 거슬리고."

"위트릴로(모리스 위트릴로Maurice Utrillo, 1883~1955. 프랑스의 화가. 인상주의적인 독특한 화풍으로 파리의 풍경을 그렸다—옮긴이)."

나는 거의 무의식적으로 말했다.

"아아, 위트릴로. 아직도 살아 있는 것 같더군. 알코올의 망자亡者. 시체. 최근 10년간 그 작자의 그림은 이상하게 통속적이고 다 엉터리야."

"위트릴로만 그런가? 다른 대가들도 하나같이……."

"그래, 쇠약해졌지. 하지만 새로 돋는 싹도 새싹 자체로는 쇠약해. 서리. 프로스트frost(서리). 온 세계에 때아닌 서리가 내린 것 같아."

우에하라 씨가 내 어깨를 가볍게 감싸 안아 내 몸은 우에하라 씨의 망토 소매에 푹 싸이고 말았는데, 나는 뿌리치지 않고 오히려 바짝 달라붙어서 천천히 걸었다.

가로수 나뭇가지. 이파리 한 닢 없는 나뭇가지가 뾰족하니 밤하늘을 찌를 것 같았다.

"나뭇가지가 아름다워요."

나도 모르게 혼잣말처럼 속삭였다.

"응. 꽃과 새까만 가지의 조화가."

우에하라 씨는 조금 당황한 듯 말했다.

"아니에요, 전 꽃도 잎도 싹도 아무것도 없는 이런 나뭇가지가 좋아요. 이래도 용케 살아 있답니다. 마른 가지와는 달라요."

"자연만은 쇠약해지지 않는다?"

그렇게 말하고 다시 요란한 재채기를 몇 번이고 연거푸 했다.

"감기 아니에요?"

"아니, 아니, 그게 아니고. 실은 말이야. 이건 내 기벽인데, 술의 취기가 포화점에 도달하자마자 이렇게 재채기가 터져 나와. 취기의 바로미터인 셈이지."

"사랑은?"

"응?"

"누군가 있어요? 포화점에 근접한 사람이?"

"뭐야, 놀리면 못써. 여자들은 다 똑같아. 너무 까다로워. 기요틴 기요틴 슈르슈르슈, 실은 한 사람, 아니 반⅟ 사람 정도 있지."

"제 편지 읽었어요?"

"읽었어."

"답장은?"

"난 귀족은 싫어. 아무래도 어딘가 오만한 구석이 있어서 역겨워. 당신 동생 나오지도 귀족치곤 꽤 괜찮은 사내지만, 가끔 어쩌다 도저히 상대하기 힘들 만큼 건방지게 굴거든. 나는 시골 농부의 아들이라 이런 개울가를 지날 때면 어김없이 어릴 적 고향 개울에서 붕어를 낚고 송사리를 잡던 일들이 생각나서 정말 그리워."

어둠의 밑바닥에서 희미하게 소리를 내며 흐르는 개울을 따라 이어진 길을 우리는 걸었다.

"하지만 당신들 귀족은 그런 우리의 감상을 절대로 이해할 수 없을 뿐만 아니라 경멸하지."

"투르게네프(이반 세르게이비치 투르게네프Ivan Sergeevich Turgenev, 1818~1883. 러시아의 소설가. 부유한 지주의 집안에서 태어났지만, 농노제를 반대하고 혁명을 옹호했다—옮긴이)는?"

"그 작자는 귀족이야. 그래서 싫어."

"하지만 《엽인 일기》(제정 러시아 시대, 중부 러시아의 자연을 배경
으로 농노의 생활과 인간성을 풍부하게 묘사한 25편의 단편집. 농노 해방에
큰 구실을 했다—옮긴이)는……."

"응, 그것만은 좀 훌륭하지."

"그건 농촌 생활의 감상感傷……."

"그자는 시골 귀족, 이쯤에서 타협할까?"

"저도 이젠 시골 사람이에요. 밭일을 하거든요. 시골 가난
뱅이."

"지금도 날 좋아하나?"

난폭한 말투였다.

"내 아이를 갖고 싶어?"

나는 대답하지 않았다.

바위가 굴러떨어지는 기세로 그 사람의 얼굴이 다가왔고,
다짜고짜 나는 키스를 당했다. 성욕이 물씬 풍기는 키스였다.
나는 키스를 받으며 눈물을 흘렸다. 굴욕적인, 분해서 흘리는
쓰디쓴 눈물이었다. 눈물은 멈출 줄 모르고 흘러내렸다.

"실수였어. 뭔가에 홀렸어."

다시 둘이서 나란히 걸으며 그가 말하고 나서 웃었다.

그러나 나는 웃을 수 없었다. 눈살을 찌푸리고 입술을 오므렸다.

어쩔 수 없어.

말로 표현하자면 그런 느낌이었다. 나는 내가 게타를 질질 끌며 꼴사납게 걷고 있다는 걸 깨달았다.

"실수였어."

그가 다시 말했다.

"갈 데까지 가볼까?"

"거슬려요."

"욘석이!"

우에하라 씨는 내 어깨를 주먹으로 툭 치고는 또다시 요란하게 재채기를 했다.

후쿠이 씨라는 분의 집에서는 이미 모두가 잠자리에 든 기색이었다.

"전보요, 전보! 후쿠이 씨, 전보예요!"

큰 소리로 부르며 우에하라 씨는 현관문을 두드렸다.

"우에하라?"

집 안에서 남자의 목소리가 났다.

"보나 마나 프린스와 프린세스가 하룻밤 잠자리를 부탁하러 왔겠지. 이렇게 추우니 재채기만 나올 거고, 모처럼의 사랑 행각도 코미디가 되어버렸군."

현관문이 안에서 열렸다. 얼추 쉰은 족히 넘긴 듯하고 머리가 벗어진 작달막한 아저씨가 화려한 파자마를 입고 묘하게 수줍어하는 미소로 우리를 맞이했다.

"부탁하네."

우에하라 씨는 한마디 던지고 망토도 벗지 않은 채 성큼 집 안으로 들어갔다.

"아틀리에는 추위서 안 돼. 2층을 빌리겠네. 이리 와."

내 손을 잡고 복도 끝에 있는 계단을 올라가더니 어두운 방으로 들어가서 구석의 스위치를 소리 나게 켰다.

"요릿집 방 같아요."

"응. 벼락부자 취향이지. 하지만 저런 엉터리 화가한테는 아까워. 악운이 강해서 재난도 안 당해. 마음껏 이용할밖에. 이젠 자야지, 잘 시간이야."

자기 집인 양 아무 거리낌 없이 벽장을 열고 이불을 꺼내 깔았다.

"여기서 자. 난 돌아갔다가 내일 아침에 데리러 올게. 화장실은 계단을 내려가서 바로 오른쪽이야."

우당탕탕, 계단에서 굴러떨어지듯 요란하게 아래층으로 내려갔다. 그리고 잠잠해졌다.

나는 다시 스위치를 돌려 전등을 끄고 아버지가 외국에서 사다 주신 천으로 만든 벨벳 코트를 벗고, 오비만 풀어놓고 기모노를 입은 채 잠자리에 들었다. 피곤한 데다 술을 마신 탓인지 몸이 나른해지며 금방 잠들었다.

어느 틈엔지 그 사람이 내 곁에 누워 있고……. 나는 한 시간 남짓 필사적으로 무언의 저항을 하다 문득 그가 가여워져서 포기했다.

"이렇게 하지 않으면 안심할 수 없는 거죠?"

"그런 셈이지."

"당신, 몸이 안 좋은 거 아니에요? 각혈하셨죠?"

"어떻게 알았어? 실은 일전에 정말 심하게 했는데 아무한테도 알리지 않았어."

"어머니가 돌아가시기 전하고 똑같은 냄새가 나요."

"죽을 작정으로 마시니까. 살아 있다는 게 슬퍼서 견딜 수가 없어. 외롭다느니 쓸쓸하다느니 그런 한가로운 게 아니고 그냥 슬퍼. 음침한 탄식의 한숨이 사방의 벽에서 들려올 때 자기만의 행복 같은 게 있을 리 없잖아? 자신에겐 행복도 영광도 살아 있는 동안엔 결코 없다는 걸 알았을 때 사람은 어떤 기분일까? 노력? 그런 건 그저 굶주린 야수의 먹잇감만 될 뿐이야. 비참한 사람이 너무 많아. 거슬리나?"

"아뇨."

"사랑밖에 없어. 자네가 편지에 쓴 그대로지."

"그래요."

나의 그 사랑은 사라지고 없었다.

날이 밝았다.

희뿌옇게 밝아오는 방 안에서 나는 옆에 누운 그 사람의 잠든 얼굴을 유심히 바라보았다. 머지않아 죽을 것 같은 사람의 얼굴이었다. 지칠 대로 지친 얼굴이었다.

희생자의 얼굴. 숭고한 희생자.

나의 사람. 나의 무지개. 마이 차일드. 미운 사람. 능글맞은 사람.

이 세상에 다시없을 정도로 너무나도 아름다운 얼굴처럼 보이면서 사랑이 되살아난 것 같아 가슴이 두근거렸다. 그 사람의 머리카락을 어루만지다 나는 키스를 했다.

슬프디슬픈 사랑의 성취.

우에하라 씨는 눈을 감은 채 나를 끌어안고 말했다.

"원래 삐딱했어. 난 농부의 자식이니까."

이제 이 사람과는 헤어지지 않으리라.

"전 지금 행복해요. 사방의 벽에서 탄식하는 소리가 들려와도, 지금 제 행복감은 포화점이에요. 재채기가 날 만큼 행복해요."

　우에하라 씨는 후후 웃으며 말했다.

　"하지만 이미 늦었어. 황혼이야."

　"아침이에요."

　동생 나오지는 그날 아침, 자살했다.

7

나오지의 유서.

　누나.

　안 되겠어. 먼저 갈게.

　난 내가 왜 살아야 하는지, 그걸 도통 모르겠어.

　살고 싶은 사람만 살면 돼.

　인간에게는 살 권리가 있는 것과 마찬가지로 죽을 권리도 있을 거야.

　나의 이런 사고방식은 전혀 새로울 것도 없고, 이런 당연한, 그야말로 근원적인 사실을 사람들은 묘하게 두려워하면서 분명하게 대놓고 말하지 않을 뿐이야.

　살고 싶은 사람은 무슨 수를 써서라도 반드시 굳건하게 살아남아야 하고, 이는 멋진 일이며 인간의 명예라는 것도 틀림없이 거기에 있겠지만 죽는 것 또한 죄가 아니라고 생각해.

나는, 나라는 풀은 이 세상의 공기와 햇빛 속에서는 살기 어려워. 살아가는 데에 어딘가 한 군데가 빠져 있어. 부족해. 지금껏 살아온 것도 나로선 정말 최선을 다한 거야.

나는 고등학교에 들어가 내가 자란 계급과 완전히 다른 계급에서 자란 튼튼하고 억센 풀 같은 친구들과 처음 사귀며 그 기세에 눌려 지지 않으려고 마약을 하면서 반미치광이가 되어 저항했어. 그러고 나서 군대에 들어갔고, 역시 그곳에서도 삶의 마지막 수단으로 아편을 사용했어. 누나는 이런 내 기분을 모르겠지?

나는 천박해지고 싶었어. 강하게, 아니 난폭해지고 싶었어. 그리고 그것이 소위 민중의 벗이 될 수 있는 유일한 길이라고 생각했어. 술 정도로는 도저히 안 되겠더라. 늘 어질어질 현기증 속에서 살아야만 했고, 그 때문에 마약 외에는 없었던 거야. 나는 집을 잊어야 해. 아버지의 피에 반항해야 하고 어머니의 다정함을 거부해야 해. 누나에게 냉정해져야 해. 그렇지 않으면 민중의 방에 들어갈 입장권을 얻을 수 없다고 생각했어.

나는 천박해졌어. 천박한 말을 쓰게 되었어. 하지만 그건 절반, 아니 60퍼센트는 애통하게도 임시 땜질에 불과했어. 서툰 잔재주였지. 민중에게 나는 여전히 같잖고 을에 불과한 답답한 사내였어. 그들은 나하고 진심을 터놓고 놀아주지 않았어. 하지만 그렇다고 인제 와서 뛰쳐나온 살롱(상류계급의 문화적 교류의 장―옮긴이)으로 돌아갈 수도 없어. 이제 나의 천박함은 설령 60퍼센트가 인공적인 임시 땜질이라 해도 나머지 40퍼센트는 진짜로 천박해졌어.

나는 이른바 상류층 살롱의 역겨운 고상함에는 구역질이 나서 일분일초도 견딜 수 없게 되었고, 또 훌륭하다느니 위대하다느니 칭송받는 분들도 나의 못된 행실에 질려 당장 내쫓으려고 하겠지. 버리고 나온 세계로 돌아갈 수도 없고, 민중으로부터는 악의에 가득 찬 빌어먹을 방청석이 겨우 주어졌을 뿐이야.

어느 세상에서건 나처럼 이른바 생활력이 약하고 결함이 있는 풀은 사상이고 나발이고 없이 그저 스스로 소멸할 뿐인 운명인지도 몰라. 그러나 나에게도 조금은 할 말이 있어. 도저히 내가 살아가기 힘든 사정을 느끼고 있다는 거야.

인간은 모두 다 똑같다.

이것이 과연 사상일까? 나는 이 희한한 말을 발명한 사람은 종교인도 철학자도 예술가도 아니라고 생각해. 민중의 술집에서 터져 나온 말이야. 구더기가 끓듯이 어느 틈엔가, 누가 먼저 말했다고 할 것도 없이 부글부글 끓어올라서 온 세상을 뒤덮고 세상을 불편하게 만들었어.

이 희한한 말은 민주주의 또는 마르크시즘과도 전혀 무관해. 그건 틀림없이 술집에서 못생긴 남자가 잘생긴 남자를 향해 내뱉은 말이야. 단순한 초조함이야. 질투야. 사상이고 나발이고 있을 리 없어.

그런데 그 술집에서 터져 나온 질투의 노성怒聲이 묘하게 사상이란 가면을 쓰고 민중 속을 누비고 다니면서 민주주의나 마르크시즘과 아무 관계가 없는 말인데도 어느 틈엔가 그 정치사상이랑 경제사상에 들러붙어서 기묘하게 비열한 상태가 되어버린 거야. 메피스토(괴테의《파우스트》에서 주인공 파우스트를 유혹하는 악마의 이름―옮긴이)인들, 이런 터무니없고 무책임한 발언을 사상으로 바꿔치기하는 묘기는 차마 양심에 걸려서 주저했을지도 몰라.

인간은 모두 다 똑같다.

정말 비굴한 말이지 뭐야. 남을 업신여기면서 동시에 스스로를 업신여기고, 아무 자부심도 없이 모든 노력을 포기하게 만드는 말. 마르크시즘은 일하는 자의 우위를 주장해. 다 똑같다고는 하지 않아. 민주주의는 개인의 존엄을 주장해. 다 똑같다고는 하지 않아. 오직 유곽의 호객꾼만 그렇게 말해.

"헤헤헤, 아무리 잘난 척해봤자 다 똑같은 인간 아닙니까?"

어째서 똑같다고 하는 걸까? 훌륭하다고는 말할 수 없는 걸까? 노예근성의 복수.

하지만 이 말은 정말이지 외설스럽고 불쾌해서 사람들은 서로에게 겁을 먹고, 모든 사상은 능욕당하고, 노력은 비웃음을 받고, 행복은 부정되고, 미모는 상처 입고, 영광은 바닥으로 떨어졌어. 소위 '세기의 불안'은 이 희한한 한마디에서 비롯되었다고 나는 생각해.

기분 나쁜 말이라고 생각하면서도 나 역시 이 말에 협박당하며 겁먹고 떨고, 뭘 하려 해도 멋쩍고, 끊임없이 불안하고 가슴이 두근거려서 몸 둘 바를 몰라 차라리 술이나 마약의 현기증에 의존해 한순간의 안정을 얻고 싶어서 그만 엉망진창이 되고 말았어.

나약한 거야. 어딘가 한 가지 중대한 결함이 있는 풀이겠지. 또 뭔가 그럴싸한 핑계를 대봤자 '흥! 워낙 노는 걸 좋아했어. 게으름뱅이에다 색골에, 못 말리는 방탕아야.'라고 그 호객꾼이 코웃음 치며 말할지도 몰라. 그리고 나는 그런 말을 듣고도 지금까지는 그저 멋쩍어하며 애매하게 수긍했지만 나도 죽음을 앞두고 한마디 항의라는 걸 해보고 싶어.

누나.

믿어줘.

나는 놀면서도 전혀 즐겁지 않았어. 쾌락의 불감증인지도 몰라. 나는 다만 귀족이라는 나의 그림자에서 벗어나고 싶어서 미친 듯이 놀았고 황폐해졌어.

누나.

대체 우리에게 무슨 죄가 있는 거야? 귀족으로 태어난 것이 우리의 죄일까? 단지 그런 집안에서 태어났다는 이유만으로 우리는 영원히, 이를테면 유다의 인척들처럼 굽실거리고 사죄하고 부끄러워하며 살아야 해.

나는 좀 더 일찍 죽었어야 했어. 그러나 단 한 가지, 어머니의 애정. 그것을 생각하면 죽을 수가 없었어. 인간은 자유롭게 살 권리를 가진 것과 마찬가지로 언제든지 마음대로 죽을 수 있는 권리도 가졌지만, '어머니'가 살아 계시는 동안 죽음의 권리는 유보되어야 한다고 생각했어. 그건 동시에 '어머니'마저 죽이고 마는 일이니까.

이제 더는 내가 죽더라도 몸이 상하도록 슬퍼할 사람도 없고, 아니, 누나, 난 알고 있어. 나를 잃은 당신들의 슬픔이 어느 정도인지. 아니, 겉치레 감상은 집어치워. 당신들은 내 죽음을 알면 틀림없이 눈물을 흘릴 테지만, 그러나 나의 고통스러운 삶과 그 지긋지긋한 삶에서 완전히 해방된 나의 기쁨을 생각한다면 당신들의 그 슬픔은 차츰 지워질 거라고 봐.

나의 자살을 비난하고 그래도 끝까지 살았어야 했다고 하면서 내게 아무 도움도 되지 않은 채 의기양양한 얼굴로 혀끝으로만 비난하는 사람은 폐하께 과일 가게를 해보시라고 태연히 권할 만큼 대단한 인물임이 틀림없어.

누나.

나는 죽는 게 나아. 내겐 소위 생활 능력이 없어. 돈 때문에 남과 경쟁할 힘이 없어. 나는 남을 우려먹을 재주조차 없어. 우에하라 씨와 어울려 놀 때도 내 몫의 계산은 늘 내가 했어. 우에하라 씨는 그걸 귀족의 쩨쩨한 프라이드라며 무척 싫어했지만, 나는 프라이드로 지불한 게 아니라 우에하라 씨가 일해 번 돈으로 내가 허투루 먹고 마시고 여자를 안는다는 것이 두려워 도저히 그럴 수 없었던 거야. 우에하라 씨의 일을 존중한다고 딱 잘라 말하는 것도 거짓말이고 실은 나도 확실히는 몰라. 그저 남한테 얻어먹는다는 것이 왠지 두려울 뿐이야. 더구나 그 사람 자신의 능력 하나로 번 돈으로 대접받는다는 것이 너무나 괴롭고 마음이 아파.

그래서 막무가내로 집에서 돈이며 물건들을 가지고 나오

는 통에 어머니와 누나를 슬프게 했고, 나 자신도 전혀 즐겁지 않았어. 출판업을 계획한 것도 그저 쑥스러움을 감추기 위한 방편이었을 뿐 실은 눈곱만큼도 진심이 아니었어. 진심이었다고 한들 남한테 얻어먹는 것조차 불편해하는 사내에게 돈벌이가 애당초 불가능하다는 것쯤은, 아무리 내가 어리석어도 파악하고 있어.

누나.

우리는 빈털터리가 되고 말았어. 살아 있는 동안은 남에게 도움을 주고 싶었는데, 이제는 남한테 도움을 받지 않고는 살아갈 수 없게 되었어.

누나.

그런데도 어째서 내가 살아 있어야 한단 말이야? 이젠 안 되겠어. 난 죽을 거야. 편하게 죽을 수 있는 약이 있어. 군대에 있을 때 마련해두었어.

누나는 아름답고(나는 아름다운 어머니와 누나가 자랑스러웠어) 현명하니까, 나는 누나에 대해선 아무것도 걱정하지 않아. 걱정할 자격조차 내겐 없어. 도둑이 피해자의 신상을 염려하는 격이라 낯이 붉어질 따름이야. 분명 누나는 결혼해서 아이를 낳고 남편을 의지하면서 끝까지 살아갈 거라고 생각해.

누나.

내게 한 가지 비밀이 있어.

오래도록 꼭꼭 숨겨오며 전쟁터에서도 오로지 그 사람만 생각하고 그 사람의 꿈을 꾸고 잠에서 깨어 울먹인 적이 몇 번이었는지 몰라.

그의 이름은 도저히 아무에게도, 입이 찢어져도 말할 수 없어. 나는 곧 죽을 거니까 적어도 누나한테만은 분명히 말해둘까 생각했지만, 역시 아무래도 두려워서 그 이름을 말하지 못하겠어.

하지만 내가 그 비밀을 절대 비밀인 채 결국 이 세상 누구에게도 털어놓지 않고 가슴속에 묻고 죽는다면 내 몸이 화장되더라도 가슴 한구석이 다 못 타고 비릿하게 남을 것 같아 찝찝해서 못 견디겠으니 누나한테만 에둘러서, 어렴풋이 픽션처럼 알려줄게. 픽션이라고는 해도 누나는 틀림없이 그 상대가 누구인지 금방 눈치챌 거야. 픽션이라기보다 단지 가명을 사용하는 정도의 속임수이니까.

누나는 알까?

누나는 그 사람을 알 테지만, 아마도 만난 적은 없을 거야. 그 사람은 누나보다 약간 연상이야. 외꺼풀에 눈꼬리가 치켜 올라간 눈, 한 번도 파마한 적 없는 생머리를 언제나 바싹 뒤로 당겨 묶은 수수한 머리 모양에다 참으로 초라한 차림이지만 그렇다고 후줄근한 모습은 아니고 늘 단정하고 깔끔해. 그 사람은 전후에 새로운 화법의 그림을 잇달아 발표해서 하루아침에 유명해진 어느 중년 서양화가의 부인이야. 그 화가의 행실은 몹시 거칠고 난폭한데도 부인은 아무런 내색도 하지 않고 늘 부드러운 미소를 띠고 있지.

내가 자리에서 일어나며 "그럼 이만 가보겠습니다."라고 작별인사를 하자 그 사람도 아무런 경계심도 없이 일어나서 내 곁으로 다가와 내 얼굴을 쳐다보며 평소의 목소리로 물었어.

"왜요?"

정말로 의아한 듯 고개를 갸우뚱하고 잠시 내 눈을 응시하더군. 그런데 그 사람의 눈에는 어떤 사심이나 허식이 없었어. 나는 여자와 시선이 마주치면 으레 허둥지둥 시선을 피하고 마는데, 그때만은 털끝만큼도 수줍어하지 않았고, 두 사람의 얼굴이 거의 맞닿을 정도의 간격을 둔 채 60초 혹은 더 오래 아주 기분 좋게 그 사람의 눈동자를 들여다보다 그만 미소를 짓고 말았어.

"하지만……."

"금방 오실 거예요."

그 사람은 여전히 진지한 표정으로 말했어.

정직이란 이런 느낌의 표정을 말하는 게 아닐까 하는 생각이 문득 들더군. 정직이라는 단어로 표현된 본래의 미덕은 도덕 교과서처럼 엄격한 게 아니라 이처럼 사랑스러운 게 아닐까 하고 말이야.

"또 오겠습니다."

"그래요."

처음부터 끝까지 모두 다 대수로울 것 없는 대화였어. 내가 어느 여름날 오후, 그 서양화가의 아파트를 방문했고 화가는 외출 중이었는데 금방 돌아올 테니까 들어와서 기다리겠어요? 하고 묻는 부인의 말을 따라 방으로 들어가 30분쯤 잡지 따위를 읽다가 아무래도 곧 돌아올 것 같지 않기에 자리에서 일어나 집을 나왔을 뿐이야. 하지만 나는 그날 그때 그 사람의 눈동자를 보고 아픈 사랑에 빠지고 말았어.

고귀함이라고 말할 수 있을지. 내 주변의 귀족 가운데 어머니를 제외하고 그토록 경계심 없고 '정직한' 눈을 지닌 사람이 한 명도 없었다는 사실만은 단언할 수 있어.

그리고 나는 어느 겨울날 저녁, 그 사람의 옆모습에 가슴이 찡해진 적이 있어. 역시나 그 화가의 아파트에서 화가의 술친구가 되어 고타쓰火燵(탁자 아래 화로를 넣고 이불을 덮어 사용하는 일본 전통 난방 기구―옮긴이)에 들어가 아침부터 술을 마시고 화가와 함께 일본의 소위 문화인들을 마구 헐뜯으며 한바탕 웃었어.

이윽고 화가는 쓰러져서 요란하게 코를 골며 곯아떨어졌고 나도 누워서 설핏 잠이 들었는데, 포근한 담요가 덮이기에 살짝 눈을 떠보니 도쿄의 겨울 저녁 하늘은 엷은 남빛으로 맑았고, 부인은 따님을 안은 채 아파트 창가에 무심히 걸터앉아 있었어. 부인의 단정한 옆모습이 저 멀리 남빛의 저녁 하늘을 배경으로 마치 르네상스 시대의 초상화처럼 선명하게 윤곽을 드러냈어. 내게 살포시 담요를 덮어준 친절에서는 어떠한 색기나 욕망도 느낄 수 없었어. 아아, 휴머니티라는 단어는 바로 이런 경우에 사용되어 소생하는 말이 아닐까? 사람이 지닌 쓸쓸한 배려로서 거의 무의식적인 행동이었다는 듯이, 그림 그대로의 고요한 모습으로 저 멀리 바라보고 있었어.

나는 눈을 감았어. 그립고 애가 타서 미쳐버릴 것 같았어. 뜨거운 눈물이 흘러내렸고, 담요를 머리끝까지 뒤집어써버렸어.

누나.

내가 그 서양화가의 집에 놀러간 것은 처음에는 그 화가의 작품이 지닌 독특한 화법과 그 밑바닥에 감춰진 열광적인 정열에 취한 탓이었어. 하지만 교제가 깊어질수록 그 사람의 몰상식, 엉터리, 지저분함에 정나미가 떨어진 반면에 그 사람 부인의 아름다운 심성에 이끌려서, 아니 올바른 애정을 품은 사람이 사무치게 그리워서, 부인의 모습을 한번 보고 싶은 마음에 그 화가의 집에 놀러가게 된 거야.

그 화가의 작품에 조금이라도 예술의 고귀한 향기라 할 만한 게 나타나 있다면, 그건 부인의 상냥한 마음의 반영이 아닐까 하는 생각마저 나는 새삼 해봤어.

이제야 나는 느낀 그대로 분명히 말하는데, 그 화가는 그저 술꾼에다 놀기 좋아하는 약삭빠른 장사치야. 유흥비가 필요해서 멋대로 캔버스에 물감을 처바르고 유행의 흐름에 편승해서 잘난 척하며 비싼 가격에 팔고 있지. 그 사람이 가진 거라고는 촌놈의 뻔뻔함, 같잖은 자신감, 교활한 상술뿐이야.

필시 그는 다른 사람의 그림은, 외국인의 그림이건 일본인의 그림이건, 전혀 이해하지 못할 거야. 그뿐 아니라 자신의 그림조차 무엇을 그렸는지 이해하지 못할 거야. 오직 유흥비를 마련하려고 정신없이 물감을 캔버스에 처바를 뿐이지.

게다가 깜짝 놀랄 일은, 그가 자신의 그런 엉터리 그림에 아무런 의혹도 수치심도 공포심도 갖고 있지 않다는 거야.

그냥 의기양양할 뿐이지. 어차피 자신이 직접 그린 그림조차 이해하지 못하는 사람이니, 타인의 그림이 좋은지 어떤지 이해할 턱이 없고, 아니 이젠 그저 헐뜯고 비방하고.

다시 말해서 그 사람의 데카당 생활은 입으로는 이러쿵저러쿵 괴로운 척 나불대지만, 사실은 얼뜨기 촌놈이 일찍이 동경하던 도시로 나와 자신도 미처 예상치 못한 성공을 거두고 우쭐거리며 놀고먹는 것뿐이야.

언젠가 내가 "친구들이 모두 빈둥대며 놀 때 나 혼자만 공부하는 게 멋쩍고 두려운 나머지 도저히 그럴 수 없어서 전혀 놀고 싶지 않아도 한데 어울려 놉니다."라고 하자 그 중년의 서양화가는 태연하게 이렇게 대답하더라고.

"엉? 그게 귀족 기질이라는 건가? 역겹군. 나는 남이 놀고 있는 걸 보면 나도 안 놀면 손해다 싶어서 실컷 논다네."

그때 나는 그를 진심으로 경멸했어. 이 사람의 방탕에는 고뇌가 없다. 오히려 흥청망청 노는 것을 자랑으로 여긴다.

진짜 멍청한 방탕아.

하지만 이 서양화가에 대해 이러쿵저러쿵 험담을 더 늘어놓아봤자 누나한테는 아무 상관 없는 일이고, 나도 곧 죽는 마당에 역시 그와의 오랜 교제를 생각하면 그립고 다시 한번 만나 어울려 놀고 싶은 충동조차 느껴. 전혀 미워하지도 않아. 그 역시 외롭고 장점도 많은 사람이니 더는 아무 말도 하지 않을게.

다만 내가 그의 부인이 너무도 그리운 나머지 괴로웠다는 사실만을 누나가 알아주면 돼. 그러니까 누나는 이 사실을 알았더라도 굳이 누군가에게 호소하여 동생이 생전에 품었던 연정을 이루게 해준다거나 그런 쓸데없는 참견을 할 필요는 절대 없어. 누나 혼자만 알고 속으로 아아, 그랬었구나, 하고 생각해주면 그걸로 충분해. 좀 더 욕심을 부린다면 나의 이런 부끄러운 고백으로 인해 적어도 누나만이라도 지금까지의 내 생명의 고통을 더 깊이 이해하게 되었다면 나는 무척 기쁠 거야.

나는 언젠가 부인과 손을 맞잡은 꿈을 꾸었어. 그리고 부인도 오래전부터 나를 좋아했다는 사실을 알았고, 꿈에서 깨어난 뒤에도 내 손바닥에 부인의 손가락 온기가 남아 있었어. 나는 이제 그것만으로 만족하고 단념해야 한다고 생각했어. 도덕이 두려웠던 것이 아니라 나는 그 반쪽 미치광이, 아니 거의 미치광이나 다름없는 그 서양화가가 너무 두려웠기 때문이야. 단념하겠다고 마음먹고 가슴의 불길을 딴데로 돌리려고 닥치는 대로, 심지어 그 화가도 어느 날 밤 인상을 찌푸렸을 정도로 볼썽사납게 미친 듯이 여러 여자와 놀아났어. 어떻게든 부인의 환상에서 벗어나 잊어버리고 아무것도 아니길 바랐던 거지. 하지만 실패. 나는 결국 한 여자만을 사랑할 수밖에 없는 남자였어. 나는 분명히 말할 수 있어. 나는 부인 이외의 다른 여자친구를 한 번도 아름답다거나 안쓰럽게 느낀 적이 없다고.

누나.

죽기 전에 단 한 번만 쓸게.

······스가짱.

그 부인의 이름이야.

내가 어제 전혀 좋아하지도 않는 댄서(이 여자에겐 본질적으로 멍청한 구석이 있어)를 데리고 산장에 온 것은, 설마 오늘 아침 죽을 생각으로 찾아온 건 아니야. 언젠가 조만간 반드시 죽을 작정이긴 했어도, 어제 여자를 데리고 산장에 온 것은 여자가 여행을 가자고 졸라대는 데다, 나도 도쿄에

206

황혼

서 노는 데 지쳐서 이 멍청한 여자와 이삼일 산장에서 쉬는 것도 나쁘지 않겠다 싶어서였어. 누나에겐 조금 체면을 구겼지만, 아무튼 이곳으로 함께 와보니 누나는 도쿄의 친구 집에 간다며 외출했고, 그때 문득 내가 죽는다면 지금이다, 하고 생각했지.

나는 예전부터 니시카타초의 집 안방에서 죽고 싶다고 생각했어. 길가나 들판에서 죽어 구경꾼들에게 내 시체가 한낱 노리갯감이 되는 것은 정말이지 싫었던 거야. 하지만 니시카타초의 그 집이 남의 손에 넘어가고 이제 이 산장에서 죽는 수밖에 없겠구나 싶었는데, 그래도 내 자살을 맨 먼저 발견하는 건 누나일 테고, 누나가 그때 얼마나 큰 충격을 받고 공포에 떨게 될지를 생각하면 누나와 단 둘뿐인 밤에 자살하는 건 마음이 무거워서 도저히 못하겠더군.

그런데 이 얼마나 좋은 기회인지! 누나 대신 둔하기 짝이 없는 댄서가 내 자살의 발견자가 되어주네.

어젯밤 둘이서 술을 마시고 여자를 2층 방에 눕힌 뒤 나 혼자 어머니가 돌아가신 아래층 방에 이불을 깔고 이 비참한 수기를 쓰기 시작했어.

누나.

내겐 희망의 지반이 없었던 거야. 안녕.

결국 내 죽음은 자연사야. 사람은 사상만으로 죽을 수 있는 게 아니니까.

그리고 한 가지, 아주 쑥스러운 부탁이 있어. 어머니의 유품인 삼베 기모노. 그걸 내년 여름에 내가 입을 수 있게 누나가 수선해줬잖아? 그 기모노를 내 관에 넣어줘. 입어보고 싶었거든.

날이 밝았어. 오래도록 고생만 끼쳤네.

안녕.

간밤의 취기는 말끔히 가셨어. 나는 맨정신으로 죽는 거야.

한 번 더, 안녕.

누나.

나는 귀족이야.

8

꿈.

모두, 내게서 떠난다.

나오지가 죽고 뒷마무리를 끝낸 뒤 한 달 동안 나는 겨울 산장에서 혼자 지냈다.

그리고 나는 그 사람에게 어쩌면 이번이 마지막이 될 편지를, 물처럼 무덤덤하게 써서 보냈다.

아무래도 당신도 저를 버리신 모양입니다. 아니, 차츰 잊어가는 듯합니다.

하지만 전 행복해요. 제가 바라던 대로 아기가 생긴 것 같아요. 저는 지금 모든 걸 잃어버린 느낌이지만, 그래도 배 속의 작은 생명이 제 고독한 미소의 씨앗이 되었답니다.

추잡스러운 실책 따위라고는 절대 생각하지 않습니다. 이 세상에 전쟁이니 평화니 무역이니 조합이니 정치니 하는 게 무엇 때문에 있는지, 이제야 저도 알게 되었습니다. 당신은 모르실 테지요. 그러니까 늘 불행한 거예요. 그건 말이죠, 가르쳐드릴게요. 여자가 훌륭한 아기를 낳기 위해서예요.

전 처음부터 당신의 인격이나 책임에 대한 기대는 없었습니다. 저의 한결같은 사랑의 모험을 성취하는 것만이 문제였습니다. 그리고 저의 그 바람이 완성된 지금, 이제 제 가슴은 숲속의 늪처럼 고요합니다.

전 이겼다고 생각합니다.

마리아가 설령 남편의 자식이 아닌 아이를 낳아도 마리아에게 빛나는 긍지가 있다면, 바로 성모자聖母子가 되는 것입니다.

저는 낡은 도덕을 태연히 무시하고 훌륭한 아이를 얻었다는 만족감이 있습니다.

당신은 그 후에도 여전히 기요틴 기요틴, 하며 신사들과 아가씨들과 술을 마시고 데카당 생활을 죽 계속하고 있겠지요. 하지만 전 그걸 그만두라고 말하지는 않겠어요. 그것 역시 당신의 마지막 투쟁의 방식일 테니까요.

술을 끊고 병을 고치고 오래오래 사셔서 훌륭한 일을 하시라는 따위의 그런 속 들여다보이는 빈말을 저는 더 이상하고 싶지 않습니다. '훌륭한 일'보다도 목숨을 버릴 각오로 소위 악덕 생활을 이어나가는 편이 후세 사람들에게 도리어 감사 인사를 받게 될지도 모르겠습니다.

희생자, 도덕적 과도기의 희생자. 당신도 저도 틀림없이 그러하겠지요.

혁명은 대체 어디서 일어나고 있을까요? 적어도 우리 주변에서 낡은 도덕은 여전히 그대로 털끝만큼도 바뀌지 않은 채 우리의 앞길을 가로막고 있습니다. 바다 표면의 파도가 아무리 요동친들 그 밑바닥의 바닷물은 혁명은커녕 꿈쩍도 하지 않고 자는 척 드러누워 있을 뿐이에요.

하지만 전 지금까지의 1회전에서는 낡은 도덕을 아주 조금이나마 몰아낼 수 있었다고 생각합니다. 그리고 앞으론 태어날 아기와 함께 2회전, 3회전을 싸워나갈 작정입니다.

사랑하는 사람의 아이를 낳고 키우는 일이 저의 도덕 혁명의 완성입니다.

당신이 저를 잊어도, 또 당신이 술로 목숨을 잃어도, 저는 제 혁명의 완성을 위해 ��꿋하게 살아갈 수 있을 것 같습니다.

당신의 형편없는 인격에 대해 저는 얼마 전에도 어떤 이로부터 여러 가지를 알게 되었습니다만, 그래도 제게 이런 강인함을 주신 건 당신입니다. 제 가슴에 혁명의 무지개를 걸어주신 건 당신입니다. 살아갈 목표를 주신 건 당신입니다.

저는 당신을 자랑스럽게 여기고, 또 태어날 아이도 당신을 자랑스럽게 여기도록 할 것입니다.

사생아와 그 어머니.

하지만 우리는 낡은 도덕과 끝까지 싸우며 태양처럼 살아갈 작정입니다.

아무쪼록 당신도 당신의 투쟁을 계속해주세요.

혁명은 아직, 전혀, 아무것도 일어나지 않았습니다. 더욱더 많은 안타깝고 숭고한 희생이 필요한 듯합니다.

이 세상에서 가장 아름다운 건 희생자입니다.

어린 희생자가, 또 한 사람 있었습니다.

우에하라 씨.

전 이제 당신에게 무슨 부탁을 드릴 마음은 없습니다만, 그래도 이 어린 희생자를 위해 한 가지만, 허락해주시기 바랍니다.

그것은 제가 낳은 아이를 단 한 번이라도 좋으니 당신 부인이 안아주셨으면 하는 것입니다. 그리고 그때 저는 이렇게 말하렵니다.

"이 아기는 나오지가 어떤 여자에게 몰래 낳게 한 아이예요."

어째서 그렇게 하려는 건지, 그것만은 아무한테도 말할 수 없습니다. 아니, 저 자신도 왜 그런 부탁을 하는 건지 잘 모르겠어요. 하지만 저는 무슨 일이 있어도 꼭 그렇게 해야만 합니다. 나오지라는 어린 희생자를 위해 무슨 일이 있어도 꼭 그렇게 해야만 합니다.

불쾌하신가요? 불쾌하셔도 어쩔 수 없습니다. 이것이 버려지고 잊히는 여자가 유일하게 부리는 심술이라 여기고 꼭 들어주시기 바랍니다.

M·C 마이, 코미디언.

1947년 2월 7일.

〈다자이 오사무 연보〉

1909년(0세)

6월 19일, 아오모리 현 기타쓰가루 군 가나기 마을의 대지주인 쓰시마 가문에서 여섯째 아들로 태어났다. 11남매 중 열 번째였다. 본명은 쓰시마 슈지津島修治.

1916년(7세)

가나기 제1진조 소학교에 입학했다.

1920년(11세)

증조모가 별세했다.

1922년(13세)

소학교를 졸업하고 조합에서 세운 메이지 고등소학교에 입학했는데, 이 학교에서 소설 〈친우교환〉에 등장하는 고향

친구들을 많이 사귀었다. 중학교에 바로 가지 않은 것은 수석으로 졸업하고도 다자이의 학업성적을 걱정한 아버지가 학력을 보충하기 위해 지방 사무조합에서 운영하던 메이지 고등소학교에 입학시켜 1년 동안 다니게 했기 때문이다.

1923년(14세)

귀족원(상원) 의원이었던 아버지가 향년 53세로 별세했다. 아오모리 현립 아오모리 중학교에 입학했고, 성적은 모든 과목에서 우수했다.

1925년(16세)

3월 '아오모리 교우회지'에 발표한 〈마지막 섭정〉을 시작으로 작품 활동을 시작했다. 친구들과 함께 동인지《성좌》,《신기루》를 창간했고, 본격적으로 작가의 길을 걷기 시작했다.

1926년(17세)

큰형, 셋째 형과 함께 잡지《아온보》를 창간했다.

1927년(18세)

중학교 4학년을 수료하고 히로사키 고등학교에 입학했

다. 〈인간 실격〉의 주인공 오바 요조 역시 중학교 4학년을 마치고 고등학교에 진학했다. 다만 요조는 아버지의 뜻에 따라 고등학교에 진학했지만, 다자이의 아버지는 이 시기에 이미 고인이 되었다는 차이점이 있다.

이 무렵 이즈미 교카, 아쿠타가와 류노스케의 문학에 심취했으나 같은 해 7월 아쿠타가와가 자살하자 큰 충격을 받아 학업을 포기하고 요정에 출입하며 우울하게 지내다가 15세의 게이샤 오야마 하쓰요(게이샤로서의 이름은 베니코)를 만났다.

1928년(19세)

동인지 《세포문예》를 창간했고, 본명에서 한자만 바꾼 쓰시마 슈지辻島衆二라는 이름으로 〈무간나락〉이라는 작품을 발표했다. 이때 동인으로 가담한 이소노카미 겐이치로의 영향으로 마르크스주의를 접하게 되어 프롤레타리아 문학에 심취했으나 자신의 사회적 계급에 절망한 다자이는 1929년 12월 안정제의 일종인 칼모틴을 과다 복용하여 자살을 시도했으나 미수에 그쳤다. 다자이의 형도 좌익 운동에 가담했다가 사망했다.

1930년(21세)

히로사키 고등학교 문과를 졸업하고 도쿄제국대학 불문학과에 입학했다. 그러나 프랑스어를 전혀 모르는 데다 대학 1학년 때부터 바로 전공 수업에 들어가는 당시의 교육제도로 인해 학업에 적응하지 못한 다자이는 좌익 운동에만 몰두하며 수업에는 거의 나타나지 않았다고 한다.

이 무렵 그에게 큰 영향을 끼친 이부세 마스지를 만났고, 1930년 11월 카페의 여급 다나베 시메코(가명 다나베 아쓰미)와 가마쿠라의 고유루기 곶에서 바다에 투신하여 동반 자살을 시도했지만 시메코만 죽고 다자이는 살아남아 자살 방조죄로 체포되었으나 기소 유예로 석방되었다.

이때의 경험은 그의 소설 〈인간 실격〉, 〈어릿광대의 꽃〉에서 묘사되었다. 두 작품의 주인공 이름도 '오바 요조'로 같다. 〈인간 실격〉에서 시메코 역할을 하는 여성의 이름은 발음이 비슷한 '쓰네코'이다.

1931년(22세)

2월, 오야마 하쓰요와 동거하기 시작했고, 슈린도朱麟堂라는 이름으로 정형시 하이쿠를 짓는 데 몰두하면서 계속 좌익 운동에 종사했다. 9월, 만주사변이 발발했다.

1932년(23세)

아오모리 경찰서에 자수하고 이후 좌익 운동에서 이탈했다. 소설가로 본격적인 행보를 보이며 〈추억〉을 쓰기 시작했다.

1933년(24세)

이때 처음으로 '다자이 오사무'라는 필명을 사용하여 〈촌놈〉이라는 짤막한 자기소개 글을 발표하고, 단편 소설 〈열차〉를 발표했다. 〈열차〉는 아쿠타가와 류노스케에 대한 다자이의 존경심이 드러나는 작품이다. 이후 동인지 《해표海豹》에 참가하여 〈어복기魚服記〉를 창간호에, 〈추억〉을 4, 6, 7월호에 발표했다.

1935년(26세)

2월, 소설 〈역행〉을 《문예》에 발표했다. 동인지 외에 발표한 첫 작품이다. 3월, 미야코 신문사 입사 시험에 응시했으나 낙방하고 같은 달 15일 가마쿠라의 산중에서 목을 매어 자살을 기도했으나 실패했다.

1935년은 다자이의 인생에서 여러모로 파란만장한 해였다. 맹장염이 복막염으로 발전하는 바람에 3개월 동안 병원에서 요양했고, 진통제로 사용한 파비날에 중독되었으며 그해 신설된 아쿠타가와 상의 후보로 〈역행〉이 올랐으나 2위로 낙선했다. 이후에도 끝내 이 상을 단 한 번도 수상하지 못했다.

1936년(27세)

파비날 중독이 재발하여 병원에 두 번이나 입원했다. 퇴원 후에도 약물 중독 증세가 더욱 심해지자 걱정하던 이부세 마스지와 주위 동료들은 '결핵을 치료하기 위한 요양'이라 속이고 그를 무사시노 병원의 정신 병동에 입원시켰다. 그는 한 달 후에 완치되어 퇴원했는데, "나를 인간으로도 생각하지 않는 모양이다. 나는 인간으로서의 가치를 상실하고 말았다."고 말했을 정도로 정신적으로 깊은 상처를 입었다. 이 경험은 이후 〈인간 실격〉의 결말을 통해 묘사되었다.

이해에 초기의 작품 15편을 모은 처녀창작집《만년》을 간행했다. 이 소설집은 이후 전개될 다자이의 문학 세계를 미리 보여주는 다자이 문학의 원천이라 할 수 있다.

1937년(28세)

오야마 하쓰요가 자신이 입원해 있는 동안 집안 친척 고다

테 젠시로와 불륜을 저질렀다는 사실을 알고 충격을 받아 다니가와谷川 온천에서 하쓰요와 함께 칼모틴으로 동반 자살을 기도했으나 역시 미수에 그쳤다. 이 경험 역시 〈인간 실격〉에서 묘사되었다. 이후 잠시 절필했으며, 귀경 후 하쓰요와 결별했다. 오야마 하쓰요는 1944년 중국 칭다오에서 향년 32세로 사망했다.

1938년(29세)

야마나시 현 미사카 고개에 있는 덴카차야天下茶屋에서 3개월간 머무르며 〈불새〉의 집필에 전념했으나 결국 이 소설은 미완에 그친다. 그곳에서 이부세 마스지에게 고후甲府 시 출신의 이시하라 미치코(고등학교에서 지리와 역사를 가르치는 교사)를 소개받아 약혼했다.

1939년(30세)

1월, 이부세 마스지의 자택에서 미치코와 결혼식을 올리고 아내의 고향인 고후 시에 정착한 다자이는 정신적으로 안정되어 작품 활동에 몰두할 수 있었고, 이때 집필한 〈황금풍경〉이 《국민신문》의 단편 소설 콩쿠르에서 당선되었다. 9월, 도쿄 미타카三鷹로 이사하여 전쟁 전후를 제외하고는 사망할 때까지 이곳에 머물렀다.

1940년(31세)

단행본 《여생도》가 제4회 기타무라 도코쿠 상의 부상副賞
으로 입상했다. 이 시기의 대표작으로는 일본 교과서에도
실린 국민 소설 〈달려라 메로스〉가 있다.

1941년(32세)

장녀 소노코가 6월에 태어났고, 11월에 징집 영장을 받았
으나 흉부 질환으로 면제받았다. 태평양 전쟁 중에도 집필
을 이어갔는데, 이 시기의 대표작으로는 〈쓰가루津軽〉가 있
다. 자신의 고향을 여행하며 쓴 기행문 형식의 이 소설은 문
학적으로도 상당히 높은 평가를 받았는데, 소설가이자 평론
가인 사토 하루오는 "다른 모든 작품을 없앤다고 해도 〈쓰
가루〉 하나만 있으면 그는 불멸의 작가 중 한 사람이다."라
고 평했다.

1942년(33세)

10월, 〈불꽃놀이〉를 발표했으나 시국에 맞지 않는다는 이
유로 전문 삭제 명령을 받았다(이 작품은 1946년 11월 《박명薄明》에

〈일출 전〉으로 제목을 바꾸어 수록되었다). 12월에는 모친이 별세하여 단신으로 귀경했다.

1943년(34세)

〈종달새의 소리〉를 완성했으나 검열에 걸릴 우려가 있어 출판이 한 차례 연기되었다가 이듬해인 1944년에 출판했으나 인쇄소가 공습을 당해 출판 직전의 책들이 몽땅 소실되었다. 다행히 교정판이 남아 있어서 1945년 〈판도라의 상자〉라는 이름으로 출판되었다.

1944년(35세)

8월에 장남 마사키가 태어났다. 12월에는 정보국과 문학보국회文學報國會의 의뢰를 받아 〈석별〉을 쓰기 위해 센다이를 방문하여 노신魯迅이 센다이에 머물렀을 때의 일을 조사했다.

1945년(36세)

도쿄 대공습 때 가족들을 모두 처가로 보내고 혼자 도쿄에 남았다가 집이 파괴되는 바람에 뒤늦게 처가로 피란했고, 3개월 후 처가도 공습으로 전소되어 다자이의 고향으로 피란하기도 했다.

1946년(37세)

1946년 한 해 동안 〈부모라는 두 글자〉, 〈거짓말〉, 〈화폐〉, 〈겨울의 불꽃놀이〉 등 15편의 작품을 발표하며 왕성하게 활동했다. 11월에 약 1년 반의 피란 생활을 마치고 가족과 함께 미타카의 자택으로 돌아왔다.

1947년(38세)

4월에 집필하기 시작해서 6월에 완성한 〈사양〉은 몰락한 귀족의 이야기를 다룬 작품인데 그해 베스트셀러가 되었다. 둘째 딸 사토코가 태어났고, 같은 해 가인歌人인 오오타 시즈코 사이에서는 하루코가 태어났다.

1948년(39세)

다자이에게 불후의 명성을 안겨준 자전적 소설 〈인간 실격〉과 〈앵두〉를 발표했다. 여담으로 다자이 오사무의 기일을 일본에서는 '앵두 기일'로 부른다고 한다.

6월 13일 밤, 〈굿바이〉의 초고와 유서 몇 통, 이마 하루베에게 남긴 시 등을 책상맡에 놓고 내연녀 야마자키 도미에와 다마가와玉川 송수로에 투신하여 동반 자살했다. 자살 동기에 대해서는 무수한 추측이 난무했는데 내연녀와의 문제

때문이라는 설, 아내와의 사이에서 낳은 아들이 다운증후군이기 때문이라는 설 등이 횡행했지만 정확한 사유는 알 수 없었다. 과거에 야마자키 도미에가 게이샤였던 것을 알고 충격을 받았다고는 하지만 실상은 아무도 모른다. 청산가리 음용 후 투신했다는 소문이 돌아 송수로의 수질 검사가 시행되기도 했다. 6월 19일에 시신이 발견되었는데, 공교롭게도 이날은 다자이의 39번째 생일이었고 다자이의 시신을 수색하는 동안에는 하염없이 비가 내렸다고 한다.

유작은 〈굿바이〉가 되었다. 《아사히 신문》에 연재 중이던 소설이었는데 13화까지 쓴 상태였다고 하며, 결국 미완성으로 남게 되었다.

묘소는 도쿄 도 미타카 시 젠린지禪林寺에 있는데, 다자이의 생전 바람에 따라 모리 오가이의 묘소 맞은편 오른쪽에 다자이의 묘소가 마련되었다.

사양

한국어판 ⓒ 도서출판 잇북 2023

1판 1쇄 인쇄 2023년 8월 25일
1판 1쇄 발행 2023년 8월 30일

지은이 | 다자이 오사무
옮긴이 | 김대환
펴낸이 | 김대환
펴낸곳 | 도서출판 잇북

디자인 | 한나영

주소 | (10908) 경기도 파주시 소리천로 39, 파크뷰테라스 1325호
전화 | 031)948-4284
팩스 | 031)624-8875
이메일 | itbook1@gmail.com
블로그 | http://blog.naver.com/ousama99
등록 | 2008. 2. 26 제406-2008-000012호

ISBN 979-11-85370-70-5 03830